죽은 자들의 왕
FUSION FANTASTIC STORY
페리도스 퓨전 판타지 소설

죽은 자들의 왕 7

페리도스 퓨전 판타지 소설

초판 1쇄 찍은 날 § 2014년 1월 22일
초판 1쇄 펴낸 날 § 2014년 1월 28일

지은이 § 페리도스
펴낸이 § 서경석

편집부장 § 권태완
편집책임 § 어정원
디자인 § 신현아

펴낸곳 § 도서출판 청어람
등록번호 § 제1081-1-89호
등록일자 § 1999. 5. 31
어람번호 § 제1-1759호

주소 § 경기도 부천시 원미구 심곡2동 163-2 서경B/D 3F (우) 420-822
전화 § 032-656-4452 팩스 § 032-656-4453
http://www.chungeoram.com
E-mail § chungeorambook@daum.net

ISBN 978-89-251-3684-4 04810
ISBN 978-89-251-3285-3 (세트)

FUSION FANTASTIC STORY

죽은 자들의 왕

7

페리도스 퓨전 판타지 소설

도서출판 청어람

CONTENTS

CHAPTER 01
압도적인 신위

죽은 자들의 왕

기사들에겐 이런 말이 전해진다.

[소드마스터는 신이 정해주는 것이다.]

당연히 검을 막 익히기 시작한 자들은 얼토당토않는 말이라 이야기한다. '자질과 노력으로 얻을 수 있는 거룩한 신위인 소드마스터가 어찌 신이 정해준다는 말인가' 라며 무시한다.

하지만 실력이 늘고 검을 알아가기 시작하면서 기사들은 그게 터무니없는 말이 아니라는 걸 알게 된다. 왜냐하면 자질과 노력뿐 아니라 운이란 것이 더 필요함을 알게 되기 때문이다.

바로 천운.

높은 경지로 가기 위해선 깨달음이 필요했다. 신체가 좋고 마나가 많은 걸로는 절대 벽을 깰 수가 없었다. 인간의 한계를 뛰어넘는 깨달음이 필요한 것이다.

그 깨달음은 아무에게나 오지 않았다. 죽도록 검을 휘두르고, 수만 권의 책을 읽고, 또 수많은 경험을 해도 잡을 수 없었다.

오직 천운이 있는 사람.

즉, 신은 자신이 선택한 사람에게만 길을 보여주는 것이다.

현재 포이즌 우드 대륙에 그 신의 선택을 받은 사람은 몇 명일까.

단 스물여섯 명.

수많은 인간 중에 스물여섯 명만이 소드마스터의 경지에 올라선 것이다.

그 스물여섯 명은 잘 알려져 있었다. 기사나 병사들뿐 아니라 일반 백성들도 대부분이 이름을 알고 있었다. 소드마스터는 인간의 한계를 넘어선 초인이고 나라의 영웅이기에 이야깃거리가 될 수밖에 없는 것이다.

때문에 지금 비톤 성은 경악스러운 분위기에 빠질 수밖에 없었다.

전혀 알려지지 않은, 또 알지도 못했던 한 사람에 의해 소드마스터의 전유물인 오러 블레이드가 나타났으니.

더구나 그 사람의 신분이 하찮게 여기던 일개 사냥꾼이라 알고 있던 사람들 입장에선 마치 망치로 머리를 한 대 얻어맞은 듯한 충격을 느낄 정도였다.

하지만 다른 이들의 충격은 밀렘 후작에 비할 바가 못 되었다.

언제나 냉철함을 잊지 않던 밀렘 후작.

그는 비톤 성에 있는 그 누구보다 넋이 나간 표정을 짓고 있었다.

*　　*　　*

"넌 누구냐?"

밀렘 후작은 겨우 마음을 진정시키고 물었다.

그레이너가 평범한 자는 아니라 생각하고 있었지만 소드마스터는 전혀 예상치 못했다.

때문에 오러 블레이드를 뽑아냈을 때 그는 자신이 꿈을 꾸고 있는 것은 아닐까 착각할 정도였다. 하지만 지금 상황이 실제 일어나는 일임을 모를 리 없었고 결국 누구보다 먼저 충격을 가라앉히고 그레이너에게 정체를 물었다.

일개 사냥꾼이 오러 블레이드를 만들어낼 수는 없을 테니.

저벅, 저벅.

그러나 그레이너는 대답하지 않았다.

대답할 필요가 없기 때문이다.

그레이너는 아무 말 없이 밀렘 후작에게 다가갔고 그에 후작의 눈빛이 변했다.

'어차피 한 명은 죽어야 하는 일. 말은 필요없다 이거군.'

그레이너의 의도는 즉시 알 수 있었다.

결국 당황했던 후작의 눈빛이 원래대로 돌아왔다.

차가운 살기가 깔린 한기 가득한 눈빛으로.

이윽고 그 역시 다시 걸음을 옮겼다.

"엇!"

두 사람이 움직이자 멈춰 있던 시간이 풀리듯 사람들도 정신을 차렸다.

충격과 놀라움을 떠나 밀렘 후작과 그레이너가 격돌하려 하기 때문이다.

두 사람의 결투에 따라 상황이 어떻게 변할지 몰랐다.

저벅, 저벅.

뚜벅, 뚜벅.

단지 걷는 것뿐이었지만 두 사람의 거리는 금세 가까워져 갔다.

별로 빠르게 걷는 것이 아님에도 불구하고 보는 사람들 입장에선 마치 달리는 것처럼 느껴질 정도였다.

그리고 결국 두 사람의 거리가 2미터 정도가 되었을 때,

쉬라락!

밀렘 후작이 검이 그레이너의 머리를 향했다.

그레이너는 피하지 않고 마주 검을 휘둘렀다.

쉬악!

차차창!

그레이너는 가뿐하게 방어했다.

한데 방어를 하자마자 검을 왼쪽으로 틀었다.

어느새 후작의 검이 왼쪽 어깨를 향했기 때문이다.

막 다시 방어를 하려는 순간,

슈르르르륵!

후작의 검이 하늘거리는 꽃잎처럼 유연하게 방향을 바꿨다.

바로 그레이너의 목으로.

너무나도 갑작스런 방향 전환인 데다 그레이너의 검은 왼쪽으로 향하고 있었기에 방어가 불가능해 보였다.

그에 후작의 검이 그레이너의 목을 찌르려는 그때,

챙!

무언가가 후작의 검을 막았다.

바로 그레이너의 검이었다.

어느새 그레이너의 검도 방향 전환을 해 공격을 막아선 것이다.

"……."

그것을 보고 후작의 시선이 좁아졌다.

이윽고 후작은 더욱 빠르게 공격을 시도했다.

이전보다 더욱 현란하고 기민하게 검을 움직였다.

차차차차창!

쩌저정! 까강!

하지만 그레이너는 그 모든 공격을 무력화시켰다.

조금의 공격도 허용하지 않았다.

'이자…….'

결국 후작의 눈빛이 완전히 달라졌다.

후작의 검술은 솔리드 스타일이었다.

화려하고 현란하며 눈이 좇을 수 없을 정도로 빠른 공격을 추구하는 솔리드 스타일.

당연히 웬만한 실력 가지곤 절대 막을 수 없었다.

전투에 들어간 후작은 냉정하게 그레이너를 분석했고, 그레이너가 소드마스터로서 그다지 경지가 높지 않을 거라 예상했다.

그렇게 본 이유는 우선 나이였다.

아무리 재능이 뛰어나도 대부분 실력은 나이에 비례했다. 연륜은 무시할 수 없는 하나의 무기인 데다 실력을 높이는 중요한 자원이기에 나이가 어리다는 건 그만큼 완숙의 경지에 이르기 어렵다는 것을 의미했다.

로건으로 분한 현재 그레이너의 모습은 삼십대 초반으로 보였기에 소드마스터라는 놀라운 성취는 이루었을망정 경지가 높진 않을 거라 보는 건 당연했다.

다음은 활을 사용하는 사냥꾼으로 살아왔다는 점이었다.

하나의 무기도 제대로 익히기 어려운 마당에 검뿐 아니라 활이라니. 그건 재능이 대단하다 볼 수 있지만 다르게 이야기하면 검 하나에만 집중하지 않았다는 뜻도 되었다.

더불어 사냥꾼으로 살아온 만큼 혼자의 수련했을 확률이 높고, 상대가 있다 하더라도 다양하지 않을 가능성이 높았다.

그렇다면 검술을 많이 겪어보지 못했을 테니 다채로운 공격에 취약할 것은 분명하며, 후작은 그런 모든 것을 토대로 그레이너의 실력을 짐작한 것이다.

한데 막상 검을 나눠보니 예상과 전혀 다른 상황이 벌어지고 있었다.

자신의 화려한 공격을 그레이너가 무난하게 받아내고 있는 것이다.

이것은 그레이너의 경지가 낮지 않다는 것을 의미할 수 있기에 보는 눈빛이 달라질 수밖에 없는 것이다.

'좋다, 어디까지 막아내는지 보자.'

슈라라라라락!

후작의 검술이 변했다.

화려함이 극도로 상승했다.

지금까지 상체 쪽으로 공격이 집중되던 것이 이제는 몸 전체로 늘어났다.

때문에 엄청난 검광이 그레이너를 집어삼키려 했다.

스르륵.

하지만 그레이너의 얼굴에 당황스러움이나 놀란 감정은 없었다.

그는 정면에 검을 들어 부채꼴을 그렸다.

그러더니 앞으로 내지르는 것이 아닌가.

드디어 처음으로 반격을 시도한 것이다.

그런데 반격을 하자마자 결투를 지켜보던 이들이 경악성을 내뱉었다.

"아니!"

"헉!"

그들만이 아니었다.

후작은 커다래진 눈으로 굳은 표정을 보였다.

그 이유는 부채꼴을 그린 그레이너의 검이 부채 모양으로 펼쳐졌기 때문이다.

마치 검이 분신을 만든 것처럼 몇 개로 늘어나더니 쏘아져 온 것이다.

쩌저저저저정!

차차차창!

"말도 안 되는!"

후작의 입에서 고함이 터져 나왔다.

자신도 모르게.

그 이유는 그레이너의 검술 때문이었다.

그레이너가 펼친 몇 개의 검은 모두 진짜였다.

허상이나 잔상이 아닌 모두 강력한 힘을 가진 진짜 오러 블레이드였다.

이런 것이 어떻게 가능한지 후작은 황당할 정도였다.

지금까지 수많은 검술을 경험하고 상대해 온 후작도 처음 보는 검술이었다.

하지만 검술의 정체보다 더 큰 문제는 자신이 밀렸다는 사실이었다.

그의 공격이 그레이너의 검들에 부딪치면서 가닥가닥 끊겨 버린 것이다.

그 말은 곧 힘에서 그가 밀렸다는 뜻이었다.

'힘에서 밀린다고? 내가?'

당연히 후작은 믿을 수가 없었다.

오러 블레이드의 힘은 마나가 결정하고, 마나의 깊이는 나이에 비례했다.

검술은 연습과 깨달음으로 후발 주자가 더 강해질 수도 있었지만 마나는 온전히 수련하는 만큼만 상승하는 것이었기에 먼저 수련한 자를 넘어서기가 힘들었다.

검술과 마찬가지로 예외적인 경우가 있긴 하지만 그 역시 쉬운 일이 아니었다. 아니, 오히려 더 어려웠다. 왜냐하면 희귀한 영약이나 기물이 필요하기 때문이다.

이런 영약이나 기물은 구하기가 굉장히 힘들어 손에 넣은 자가 희박할 정도였다.

대신 영약이나 기물을 흡수한 자는 엄청난 마나 상승을 이룰 수 있고 가파르게 실력을 쌓을 수 있었다.

현재 기사의 서열에 올라 있는 모든 소드마스터는 그런 경우였고 밀렘 후작도 마찬가지였다.

한데 그레이너는 그런 그보다 더 강한 마나를 가지고 있는 것이다. 그러니 후작이 놀라는 것이 당연했다.

하나 그가 놀라든 말든 그레이너의 표정엔 아무런 변화가 없었다.

후작이 멈칫하는 사이, 그레이너가 다시 움직였다.

슈르르르르르륵!

그레이너는 또다시 부채꼴을 그렸다.

그러자 또 몇 개의 오러 블레이드가 다시 나타났다.

그것이 후작을 덮쳤다.

"이익!"

후작은 머릿속의 생각을 지워 버리고 즉시 검을 휘둘렀다.

떠더더더덩!

두 사람의 검이 격돌하자 스파크가 일어나며 빛이 크게 일어났다.

특히 후작의 검에서 주로 일어났는데 왜 그런지 그것을 보며 후작의 표정이 더욱 굳어졌다.

후작은 본 실력을 드러내지 않고서는 그레이너를 상대할 수 없음을 깨달았다.

결국 그도 움직였다.

"스플리터 소드(Splitter sword)!"

후작의 검에서 광풍이 몰아쳤다.

말 그대로 검 주변에서 소용돌이 같은 것이 일어난 것이다.

드디어 후작이 자신의 본 실력을 드러낸 것이다.

후작의 검술은 화려하고 현란했다.

솔리드 스타일의 특징을 그대로 보여줬다.

하지만 거기엔 거의 알려지지 않은 숨은 비밀이 있었다.

솔리드 스타일은 화려한 대신 힘이 약하다는 단점이 존재했다. 화려하기 위해선 가벼워야 했고 그 때문에 힘이 줄어들 수밖에 없는 것이다.

후작은 벽에 가로막혔을 때 그것을 해결하기 위해 많은 노력을 기울였고, 결국 해결책을 만들어냈다.

바로 오러 스크류(Aura screw)였다.

오러 스크류는 생성한 오러를 회전시키는 것으로 가벼운 솔리드 스타일에 묵직한 힘을 추가할 수 있었다.

오러 스크류를 만들어내면서 밀렘 후작은 벽을 깼고 소드 마스터의 길에 들어섰다. 그리고 지금에 와선 당당히 기사의 서열에 속한 한 명의 실력자로 이름을 날리고 있는 것이다.

지금 사용한 스플리터 소드 기술은 그가 가지고 있는 정점의 검술 중 첫 번째였다.

'이걸 튕겨낼 수는 없을 것이다!'

좀 전 후작의 검에서 스파크가 일어난 것은 그레이너의 검에 그의 오러 스크류가 튕겨 나갔기 때문이다.

회전하던 오러가 그레이너의 힘을 이기지 못하고 검에서 떨어져 나간 것이다.

하지만 이번 기술에선 그럴 수 없다고 단언했다.

좀 전 스크류는 오러지만 지금은 오러 블레이드였기 때문이다.

같은 오러 블레이드니 튕겨낼 수가 없는 것이다.

당연히 힘에서도 그가 우위에 설 수 있을 것이 확실했다.

"……."

한편, 그레이너는 후작의 검술이 이전과 완전히 달라졌음을 즉시 알 수 있었다.

때문에 그 역시 다름 기술로 넘어갔다.

그는 검을 들어 이번엔 반원을 그렸다.

"하프 서클(Half circle)."

그것을 보고 공격해 들어가던 후작의 눈썹이 꿈틀거렸다.

그는 '설마?' 하는 시선으로 그레이너의 검을 바라보았다.

그리고 그 설마가 사실이 되는 것을 목격하게 되었다.

슈르르르르르!
반원을 그린 그레이너의 검이 더 늘어났다.
아까 부채꼴이었을 때는 몇 개였다면 지금 십여 개로 늘어나 버렸다.
"저, 저럴 수가!"
"어헉!"
놀란 건 주변인들도 마찬가지였다.
그들도 검이 더 늘어날 줄은 생각도 못했기에 놀란 모습을 감추지 못했다.
떠더더더더덩!
카가가각!
결국 두 사람은 다시 격돌했고 엄청난 섬광이 주변을 메웠다.
강력한 오러 블레이드의 격돌로 빛이 폭사된 것이다.
밤이라 그런지 번쩍이는 빛에 사람들은 제대로 보기도 힘들었다.
"이놈!"
그때 후작의 분노에 찬 외침이 비톤 성을 울렸다.
빛이 사라진 다음 나타난 후작의 모습에 사람들은 왜 그가 화났는지 알 수 있었다.
몸 곳곳에 핏자국이 배어 있었기 때문이다.
반면 그레이너는 옷깃 하나 베인 곳이 없었다.

결국 이번에도 후작이 밀렸다는 이야기였다.

"프렌지 보텍스(Frenzy vortex)!"

후작은 또다시 밀리자 더 이상 참지 못했다.

이렇게까지 밀린다는 건 어쩌면 자신이 그레이너의 상대가 되지 못한다는 말도 안 되는 징조가 될 수도 있기 때문이다.

그에 후작은 즉시 두 번째 검술을 펼쳤다.

지금까지 단 몇 명의 상대에게만 드러냈던 프렌지 보텍스라는 검술이었다.

퍼퍼퍼펑!

후작의 검에서 공기가 터져 나가는 소리가 울렸다.

스크류도 더욱 강해지고 이젠 문외한도 알 수 있을 정도로 강력한 오러 블레이드의 회전을 목격할 수 있었다.

그것이 그레이너를 들이닥쳤다.

스윽.

하나 그레이너는 담담했다.

그는 역시나 처음과 마찬가지로 다시 검을 들었다.

후작이나 사람들은 그레이너가 무엇을 펼칠지 이미 예상했다.

좀 전의 반원을 다시 만들려 하는 것이다.

하지만 그들의 예상은 무참히 빗나갔다.

"서클(Circle)."

그레이너는 검을 한 바퀴 돌렸다.

이번엔 반원이 아니라 동그랗게 원을 그린 것이다.

슈르르르르르르륵!

그러자 엄청난 일이 벌어졌다.

이젠 십여 개를 넘어 수십 개의 검이 생겨난 것이다.

"……!"

후작의 눈이 찢어질 듯 커졌다.

그는 이미 두 차례나 격돌했기에 그레이너가 만들어낸 검 하나하나가 얼마나 강력한 힘을 가지고 있는지 알고 있었다.

더불어 그것을 만들어 내기 위해 얼마나 많은 마나가 필요한지도 짐작이 갔다.

그런 것을 수십 개, 그것도 아무렇지 않게 만들어냈다는 것은 그레이너가 상당한 마나를 가지고 있는 게 분명해 보였다.

아울러 인정하기 싫지만 어쩌면 후작 자신을 뛰어넘는 마나를 가지고 있을지도 모를 듯했다.

'하지만 이 검술로 지진 않을 것이다.'

후작은 검술에 자신이 있었고 거기에 승부를 걸었다.

결국 두 사람은 다시 격돌했다.

따다다다다당!

퍼퍼퍼퍼퍽!

처음엔 막상막하였다.

그레이너의 검과 후작의 스크류가 격돌하면서 차례차례

부서져 나갔다.

그 때문에 마치 무언가가 터지듯 묵직한 소리가 계속 울려 퍼졌다.

하지만 뒤로 가자 밀렘 후작은 자신이 밀리게 될 것임을 알 수 있었다.

자신이 만들어낸 스크류가 그레이너의 검들에 비해 급격하게 사라지고 있었기 때문이다.

수많은 오러 회오리로 그레이너를 몰아붙였지만 털끝 하나 건드리지 못하고 오히려 자신이 위험하게 된 것이다.

'할 수 없다.'

결국 밀렘 후작은 마지막 검술을 꺼내기로 했다.

지금까지 그 누구에게도 보이지 않았던 비장의 무기를.

그는 모든 마나를 끌어 올렸다.

그리고 마나홀을 움직여 검술을 펼치기 위해 마나를 움직였다.

그런데 그때,

그의 시선에 무언가가 들어왔다.

바로 자신을 똑바로 바라보고 그레이너의 냉정한 눈이.

"……!"

그것을 발견하자 후작은 움찔했다.

왠지 그레이너가 자신의 생각을 읽고 있다는 기분이 들었기 때문이다.

하지만 그럴 리가 없었다.

그가 계획을 떠올린 것은 찰나이고 지금도 계속 공격하며 준비를 하고 있었기 때문이다.

그레이너와 주변 사람들은 치열하게 전투를 펼치고 있다고 생각할 것이 분명했다.

카카카카카캉!

떠더덩!

결국 시간이 흐르자 상황은 후작이 예상한 대로 흘러갔다.

광풍처럼 몰아치던 그의 스크류가 서서히 줄어들더니 이윽고 사라진 것이다.

그런데도 그레이너가 만들어낸 검들은 남아 있었다.

'지금이다!'

스크류가 사라진 순간, 그레이너와 그 사이의 공간이 완전히 드러났다.

그는 그 찰나의 틈을 놓치지 않고 그대로 검을 내질렀다.

'소울 블로우(Soul blow)!'

간단한 지르기였다.

하지만 검에 담긴 기운이 지금까지와 달랐다.

그 이유는 화려함을 없애 버렸기 때문이다.

화려함이 없어지면 검의 가벼움도 없어진다.

아울러 묵직함은 더해지고 스크류의 강력함은 상상을 초월하게 되는 것이다.

지금까진 그가 밀렸을 수 있었다.
솔리드 스타일의 가벼움이 있으니 충분히 그럴 수 있었다.
하지만 이번은 아니었다.
이건 지금까지와 완전히 달랐다.
왜냐하면 마지막 검술인 소울 블로우는 솔리드 스타일이 아닌 카운터 스타일이었기 때문이다.
일격필살.
기회를 노린 단 한 번의 공격에 상대를 격살시키는 카운터 스타일.
솔리드 스타일인 그가 카운터 스타일의 비기를 가지고 있을 거라곤 누구도 생각 못할 일 아니겠는가.
슈욱.
후작의 검은 소리도 없이 그레이너를 향했다.
그레이너는 후작의 공격을 알고 있었다.
계속 주시하고 있었으니 모를 리가 없었다.
후작도 공격을 하면서 그걸 느꼈지만 자신했다.
단 한 번도 드러낸 적이 없는 데다 자신을 솔리드 스타일이라 믿고 있을 그레이너가 지금 공격을 설마 카운터 공격이라 생각지는 못할 것이기 때문이다.
슈악!
그레이너는 검을 아래로 내리그었다.
마치 찔러오는 후작의 검을 밑으로 내려치려는 듯한 동작이었다.

그에 후작의 눈이 강렬하게 빛났다.

겉보기엔 평범해 보여도 자신의 검엔 엄청난 힘이 담겨 있는 상태.

그레이너의 검은 튕겨 나갈 것이고 그의 검은 그레이너의 내장을 헤집어놓을 것이었다.

결국 그레이너의 검이 후작의 검을 내려쳤다.

서걱!

CHAPTER **02**

예상 밖의 침입자

"……!"

후작은 자신의 귀를 의심했다.

그리고 자신의 눈을 믿지 못했다.

그는 멍하니 자신의 검을 바라봤다.

잘려 있었다.

검이 동강이나 반 토막이 되었다.

바로 그레이너의 검에.

'이, 이게…….'

최후의 비기였다.

자신의 모든 힘과 정수가 담긴 검이 너무나도 허무하게 잘려 버렸다.

어떻게 이런 일이 일어날 수 있단 말인가.

그는 이해할 수가 없었다.

그리고 그의 그런 혼란은 큰 대가를 치르게 만들었다.

서걱!

"크아악!"

밀렘 후작은 왼쪽 어깨에서 느껴지는 화끈함에 비명을 질렀다.

고통은 그를 몽상에서 끄집어내게 해주었고 어떤 상황이 벌어졌는지 알게 만들었다.

"내, 내 팔이……!"

그의 왼팔이 잘려 바닥에 떨어져 있었다.

그가 정신이 나간 사이 그레이너가 그의 왼팔을 잘라 버린 것이다.

"스승님!"

우와아아아!

오러 블레이드의 번쩍임에 상황을 알지 못했던 사람들은 이내 드러난 모습에 희비가 엇갈렸다.

후작의 제자와 기사들은 경악한 표정으로.

비톤 성의 병력은 환희에 물든 얼굴로.

"이런 일이 벌어지다니!"

두 집단 모두 지금 상황이 믿을 수가 없었다.

밀렘 후작이 이름도 잘 알려지지 않은 젊은 소드마스터에게 당했기 때문이다.

하지만 후작은 주변의 그런 상황에 전혀 신경 쓰지 않았다.

왼팔이 잘렸지만 그건 자신의 부주의한 결과였다.

그레이너가 목을 잘랐어도 할 말이 없었다.

완전히 정신을 놓고 있었으니.

그가 물었다.

"어떻게 된 것이냐? 방금 공격은 내 최후의 비기였다. 모든 힘이 담긴 정수 중의 정수. 그런데 왜 네 검이 아닌 내 검이 잘린 것이냐?"

밀렘 후작은 이곳에서 목숨을 잃는다 하더라도 알고 싶었다.

그렇지 않으면 죽어서도 눈을 감지 못할 것 같았다.

최후의 비기가 허무할 정도로 간단히 파훼됐으니 그런 감정에 사로잡히는 것도 무리가 아니었다.

그레이너는 당연히 그런 후작의 마음을 알고 있었고 친절히 답해주었다.

"간단하오. 내 힘이 월등히 강했을 뿐."

"……."

후작은 할 말을 잃었다.

그레이너의 말은 정답이었다.

하지만 동시에 불가능한 대답이었다.

결국 그 말은 오러 블레이드를 잘랐다는 뜻이 되기 때문이다.

오러 블레이드로 오러 블레이드를 자를 순 없다.

불가능한 것은 아니지만 거의 불가능에 가까웠다.

오러 블레이드는 거의 한계에 다다른 힘이었기에 실력 차이가 나더라도 부서뜨릴 수 있는 것이지, 잘라내는 것은 말도 안 되는 일인 것이다.

하지만 그런 말도 안 되는 일이 벌어졌고 직접 실감을 했으니 부정을 할 수가 없었다.

'그럼 도대체 얼마나 강하다는 뜻인가?'

밀렘 후작의 기사 서열은 19위였다.

총 26위까지 존재하는 것을 생각하면 낮은 순위로 볼 수 있지만 포이즌 우드 대륙에 존재하는 기사들의 수를 생각하면 엄청난 실력자라 할 수 있었다.

네바로 왕국엔 그 말고도 한 명의 소드마스터가 더 있었는데, 바로 어윈 후작이었다.

어윈 후작은 기사의 서열 8위로 열손가락 안에 들어가는 상위권 강자였다.

당연히 밀렘 후작은 어윈 후작을 상대해 봤고 자신과 많은 차이가 나지 않는 것을 확인했다.

서로 본 실력을 숨긴 것도 있지만 밀렘 후작이 예상했을 때 반 수 정도 차이밖에 나지 않는다고 내다봤다.

그렇다는 건 어윈 후작도 그레이너의 상대가 되지 않을 가망성이 다분했고, 그 뜻은 그레이너가 기사의 서열 1위인 미첼리도 공작과 차이가 나지 않을지도 몰랐다.

그러나 후작은 곧 고개를 저었다.

'아니, 어쩌면 더 강한 것 아닐까? 미첼리도 공작이 내 검을 잘라 버릴 수 있을까?'

미첼리도 공작을 상대해 보지 않아 알 수는 없지만 지금 느낌으로는 왠지 그러지 못할 것 같았다.

그러나 그는 다시 고개를 저었다. 그레이너가 미첼리도 공작보다 강하다는 건 말도 안 되기 때문이다.

결국 그는 머릿속이 뒤죽박죽 뒤엉켜 결론을 내릴 수가 없었다.

그렇게 그레이너와 밀렘 후작의 승부가 그레이너의 승으로 결판이 나자 비톤 성 병력은 환희와 함께 결판내기를 기다렸다.

지금 상황으로 봤을 때 밀렘 후작 죽음을 면치 못할 것이고 나머지 네바로의 기사들은 그들의 손에 충분히 처리할 수 있을 것이기 때문이다.

한데 그때였다.

"스승님을 모시고 빠져나가!"

갑자기 뒤에서 대기하고 있던 침투조 기사들이 움직이기 시작했다.

그들은 밀렘 후작을 부축해 왔던 방향으로 도망치는 동시에 두 사람이 그레이너를 향해 달려들었다.

바로 후작의 둘째, 셋째 제자인 페런과 샬토였다.

"이야아!"

"으아아아! 죽어라, 로건!"

그들은 살기를 포기했는지 검에 모든 힘을 담아 공격을 시도했다.

놀라운 건 둘째 제자인 페런은 오러 블레이드를 만들어냈다는 것이다.

익스퍼트 최상급으로 후작의 제자 중 실력이 가장 뛰어나지만 소드마스터가 아닌 그가 오러 블레이드를 만들어냈다는 것은 마력원을 사용했다는 뜻이었다.

마력원은 마나홀을 이루는 근간으로 이것이 잘못되거나 사라지면 더는 마나를 운용할 수 없었다. 한마디로 폐인이 되는 것이다.

페런은 죽음을 각오하고 마력원을 사용해 오러 블레이드를 만들어낸 것이다.

그레이너는 후작 일행을 쫓지 않고 그들을 맞이했다.

차차차창!

떠더더덩!

"안 돼! 쫓아라! 저들을 막아!"

"밀렘 후작을 탈출하게 둬서는 안 된다! 당장 쫓아가 죽여라!"

갑작스런 상황에 지켜보던 비톤 성 지휘관들이 깜짝 놀랐다.

그들은 급히 명령을 내렸고 비톤 성 병력은 쫓기 시작했다.

그러며 바우어 자작 등은 그레이너의 눈치를 봤다.

페런과 샬토를 상대하는 그를 거들어야 할지 고민이 됐기 때문이다.

그들은 밀렘 후작을 쫓는 데 그레이너가 나서주길 바랐다. 그럴 수밖에 없는 것이 밀렘 후작이 왼팔이 잘리긴 했지만 중요한 오른팔은 멀쩡했기 때문이다.

아무리 부상을 입었어도 소드마스터는 소드마스터, 병력의 손실을 줄이기 위해서 그가 나서주길 바라는 것이다.

그런데 지금 페런과 샬토가 그를 막고 있는 상황이니 그것이 불가능했고, 두 사람을 그들이 맡아 그레이너를 풀어주고 싶었다. 그래야 그가 나서지 않겠는가.

하지만 그러기가 힘든 것이 소드마스터의 전투에 끼어드는 것이기에 섣불리 움직일 수가 없었다.

그레이너의 신위를 보고 나자 이전과 달리 쉽사리 대하지 못하는 것이다.

"이야아아아아!"

"으아아아! 차아아!"

페런과 샬토는 죽을힘을 다해 그레이너를 공격했다.

하지만 단 한 번도 그레이너의 검을 뚫고 공격을 성공시키지 못했다.

둘 다 마력원을 포기한 상태였기에 억울했지만 후회는 하지 않았다.

스승이 도망칠 수 있도록 그레이너를 잡고 있었기 때문이다.

그들의 희생이 바래지 않는 것이다.

그러나 그들은 알지 못했다.

그것이 자신들의 착각임을.

그레이너가 일부러 그들의 뜻에 따라주고 있다는 것을 말이다.

"우헉!"

잠시 후, 샬토의 얼굴이 하얗게 변하더니 피를 토하며 움직임을 멈췄다.

마력원을 희생해 무리하게 마나를 운용한 결과 마침내 무리가 온 것이다.

근간이 되는 마나홀이 붕괴되면서 완전히 망가진 것이다.

"샬토!"

페런이 그런 샬토를 보며 안타깝게 외쳤다.

그 역시 얼굴이 좋지 못했는데 샬토가 피를 토하며 움직임을 멈춰 버리자 사색이 돼버렸다.

그런데 그 순간,

쉬악!

서걱!

그레이너의 검이 유령같이 움직이더니 샬토의 목을 베어 버렸다.

페런이 한눈을 판 찰나의 상황에 공격을 한 것이다.

"안 돼애―!"

페런은 목이 잘려 나가는 샬토의 모습을 보고 비명을 질렀다.

각오는 했지만 샬토의 죽음을 보니 눈앞이 노래지는 기분을 맛볼 수밖에 없었다.

"이 개자식! 죽여 버리고 말겠다!"

결국 항상 냉정했던 페런은 모습이 완전히 사라졌다.

그는 이성을 잃고 지금까지보다 더 강력한 힘으로 그레이너를 공격하기 시작했다.

"저, 저럴 수가!"

그 모습을 본 바우어 자작 등은 놀라지 않을 수 없었다.

페런의 실력은 비톤 성의 기사들도 상대하기 힘들 정도로 엄청났다.

밀렘 후작만을 걱정했던 그들은 페런 같은 실력자까지 있을 줄은 상상도 못했던 것이다.

만약 비톤 성 병력으로 페런을 상대했다면 한두 명 가지고는 어림도 없을 듯했다.

"음……."

한데 그런 페런을 보자 그들은 그레이너의 강력함을 새삼 다시 느끼게 되었다.

그레이너는 페런을 너무나도 여유롭게 상대하고 있었기 때문이다.

그렇다는 건 도대체 얼마나 강하다는 말인가.

그들은 속으로 의문을 품지 않을 수 없었다.

"쿨럭!"

얼마 지나지 않아 페런의 입에서도 기침과 함께 피가 토해졌다.

그 역시 한계에 다다른 것이다.

결국 페런도 움직임을 멈췄다.

"흐흐흐."

페런은 폐인이 됐음에도 미소를 지었다.

그 이유는 스승이 탈출할 수 있도록 충분히 시간을 끌었기 때문이다.

그는 득의한 표정으로 입을 열었다.

"내가 이겼다. 스승님은 지금쯤……."

서걱!

하지만 그는 자신이 원하는 대로 말을 하지 못했다.

그레이너가 그의 목을 잘라 버렸기 때문이다.

쿵!

목이 베인 페런의 몸이 땅바닥에 쓰러졌다.

그레이너는 그런 페런에게 시선조차 주지 않고 검을 털었다.

쉬악!

후두둑.

피가 떨어져 나가며 검이 광채를 내뿜었다.

누군지도 알 수 없는 자의 검이 밀렘 후작과의 전투를 벌였음에도 긁힌 자국 하나 없었다.

"저… 로건 님……."

전투가 끝나자 바우어 자작이 조용히 나섰다.

상대가 소드마스터란 것을 알자 그는 어느새 호칭을 높였다.

그것이 당연한 것이, 소드마스터는 나이를 떠나 함부로 할 수 없는 존재였기 때문이다. 행동이 조심스러워지고 공손해질 수밖에 없는 것이다.

자작의 부름에 그레이너가 신형을 돌렸다.

그러더니 자작이 말하기도 전에 그가 말했다.

"명령을 내려 밀렘 후작 등이 비톤 성을 빠져나갈 수 있도록 하시오."

"예?"

그레이너의 말에 바우어 자작 등은 황당한 표정이 되었다.

적국의 소드마스터를 빠져나가게 하라니…….

그 말은 다 잡은 고기를 놓아주라는 말이나 다름없는 이야기 아닌가.

그에 뒤에 있던 참모 해럴드가 급히 나섰다.

"그, 그게 무슨 말씀이십니까, 밀렘 후작을 빠져나갈 수 있게 하라니. 그 말은 놓아주라는 것입니까?"

그레이너는 고개를 끄덕였다.

"맞소."

"아, 아니, 그게 무슨……!"

그레이너의 확언에 자작 등은 더욱 어처구니없는 반응을 보일 수밖에 없었다.

그레이너는 그들이 황당해하든 말든 이내 신형을 돌렸다.

"이유는 모두 마무리가 되면 알려주겠소."

휘익!

그는 그렇게 말하곤 이윽고 몸을 날렸다.

그러자 순식간에 그의 신형이 멀어졌다.

"헉!"

그 모습을 보고 자작 등은 다시 놀랄지 않을 수 없었다.

"대장님, 어찌하실 겁니까? 정말 저자… 아, 아니 저분의 말대로 하실 겁니까?"

잠시 후, 먼저 정신을 차린 해럴드가 물었다.

그에 바우어 자작은 고심을 하더니 명령을 내렸다.

"로건 님이 후작을 살려주려 한다면 그 이유가 있을 것이다. 저분의 말대로 한다."

"음……."

부하들은 못마땅한 얼굴들을 보였지만 할 수 없다는 듯 이내 고개를 끄덕였다.

이내 그들도 움직였다.

*　　*　　*

쉬익, 쉬악!

타탓!

그레이너는 후작 일행이 도망친 방향을 따라 빠르게 움직였다.

그가 한 번 발을 디딜 때마다 신형이 죽죽 앞으로 튀어나갔다. 이 정도 빠르기로 움직이면 인원이 많은 후작 일행을 따라잡는 것은 순식간일 것 같았다.

그런데 얼마나 갔을까.

탁.

갑자기 그가 달리기를 멈췄다.

그는 갑자기 가만히 있더니 오른쪽으로 방향을 틀었다. 그 방향은 후작 일행이 도망친 방향이 아니었다.

그레이너가 그걸 모르지 않을 텐데 무슨 이유 때문인지 다른 방향으로 간 것이다.

이윽고 얼마 가지 않아 그는 어떤 집의 뒤뜰에 도착을 했다.

주변은 조용했다. 집도 사람이 사는지 안 사는지 알 수 없을 정도로 적막했고 인기척도 느껴지지가 않았다.

그레이너는 왜 방향을 돌려 이런 곳에 왔단 말인가?

그때 그가 입을 열었다.

"나오시지요."

갑자기 나오라는 한마디.

아무런 인기척도 느껴지지 않는 곳에서 나오라는 말은 이상하게 보였다. 어찌 보면 미친 모습으로 보일 그런 상황에 순간, 발소리가 들렸다.

저벅, 저벅.

그런데 놀랍게도 그 누구의 모습도 보이지 않았다. 발소리만 들릴 뿐, 사람 그림자도 보이지 않았던 것이다.

하지만 그레이너는 어딘가를 주시하고 있었다. 마치 그곳에 누군가가 있다는 듯.

그 예감은 사실이었다.

"역시 나에 대해 눈치채고 있었구나."

아무것도 없던 곳에서 목소리가 들리더니 사람의 모습이 드러났다.

마치 원래부터 그 자리에 있었다는 듯 너무나도 갑작스럽게 말이다.

한데 나타난 사람의 얼굴은 익히 아는 자였다.
그리고 여기에 있어선 안 되는 사람이었다.
바로 밀렘 후작의 막내 제자 에디스였다.
"후후."
에디스의 분위기는 이상했다. 지금까지 그녀가 보인 행동은 조용하고 담담했다. 앞에 나서지 않았으며 존재감을 드러내지 않으려 했다.
하지만 지금 그레이너를 마주한 그녀는 한쪽 입꼬리를 올린 묘한 미소와 함께 당당하고 여유로운 모습을 보이고 있었다. 적진에서 스승을 쓰러뜨린 그레이너를 만났음에도 겁먹은 모습이 전혀 아니었다. 다른 사람이 본다면 마치 에디스가 비톤 성의 기사로 보일 정도였다.
에디스가 말했다.
"언제부터 알았느냐?"
"처음, 코스로브 국경 지역에서 밀렘 후작과 함께 왔을 때부터 알아봤습니다."
무엇 때문인지 두 사람의 대화가 이상했다. 에디스는 자연스럽게 반말을 했고 그레이너는 얼굴은 무표정일지언정 공손하게 대답했다.
"설마 했는데 그랬군. 네게서 풍기는 느낌에 어느 정도 예상은 했었다. 하지만 직접 들으니 조금은 충격이군. 완벽하게 숨겼다고 생각했는데."

에디스는 인상을 찡그리며 말했다. 하나 말과 달리 그다지 신경 쓰는 건 아닌 것 같았다.

"하면, 내 신분을 알면서 왜 쫓아온 것이냐? 설마 날 죽이려고?"

"제가 어찌 위대한 존재인 드래곤을 향해 그런 마음을 품겠습니까. 그럴 생각은 조금도 없습니다. 또 설사 그러려고 해도 그건 불가능한 일이지요."

그레이너의 말에서 엄청난 단어가 나왔다.

드래곤.

그는 지금 에디스를 드래곤이라 칭하고 있었다.

놀라운 건 에디스가 그것을 부정하지 않는다는 것이었다.

"죽일 생각도 없다면 왜 내 정체를 알면서 찾아왔을까? 서로 적인 상황인 걸 감안하면 내가 널 죽여 버릴 수도 있는데?"

에디스의 눈빛이 차가워졌다. 눈빛 때문인지 미소를 짓는 모습에 서늘함이 느껴졌다.

하지만 그레이너는 전혀 겁먹은 모습이 아니었다.

"조언을 하기 위해섭니다."

"조언?"

에디스의 눈썹이 꿈틀거렸다.

드래곤에게 조언이라니.

"유희를 즐기시고 있는 것을 알고 있습니다. 전 그것을 막거나 방해할 생각은 전혀 없습니다. 그냥 만약의 상황을 대비해 말씀을 드려야 할 것 같았습니다. 선을 넘어선 안 된다는 걸 말입니다."

"……."

에디스의 시선이 좁아졌다. 그 말에 그녀는 그레이너를 바라볼 뿐 아무런 말도 하지 않았다.

그레이너는 말을 이었다.

"드래곤은 중간계의 조율자이자 중재자입니다. 때문에 다른 종족의 일에 관여해선 안 되고 정세를 바꾸는 일엔 더더욱 관계되어선 안 됩니다. 만약 그것을 어길 시, 어떻게 된다는 건 위대한 존재께서 더 잘 알고 계시겠지요."

에디스가 고개를 끄덕였다.

"그래, 잘 알고 있다. 상당한 대가를 치러야 하지. 넌 밀렘 후작의 제자로 유희를 즐기고 있는 내가 정세를 바꿀 정도로 과하다 여기는 것이냐?"

"그렇진 않습니다. 후작처럼 앞에 나서거나 그를 조종하지 않는 이상 문제가 될 상황은 아니라 여깁니다."

후작을 조종한다는 말에 에디스의 눈빛이 살짝 변했다. 다른 자들의 시선으로 본다면 그런 의심도 충분히 가능하기 때문이다.

"제가 드리고 싶은 조언은 딱 지금 정도까지만 즐기시라는 겁니다. 혹시라도 과하게 몰입하여 선을 넘지 말아달라는 것이지요. 리티마 대륙의 이베인이 그랬던 것처럼."

"……."

이베인이라는 이름이 나오자 에디스의 표정이 변했다.

이베인은 파고타니아 세상의 대부분이 알고 있는 드래곤이었다.

얼마 전에 만났던 암흑의 대마법사 제라딘에 의해 죽은 드래곤이 바로 이베인이었던 것이다.

레드 드래곤인 이베인은 과도한 유희로 율리아나 제국을 도와 리티마 대륙을 통일하려 했고, 그 때문에 한 대륙의 흐름을 크게 변화시켰다. 그중 하나가 제라딘의 나라인 하이드 왕국을 멸망시킨 사건이었다.

그 일로 인해 제라딘은 이베인에게 복수를 다짐했고, 그 결과 최초로 인간 마법사가 혼자서 드래곤을 죽이는 사건이 발생한 것이다.

그것은 드래곤들 사이에서도 큰 이슈가 되어 조율자인 그들의 행동이 어떤 결과를 만들어내는지에 대해 많은 이야기가 오갔다.

더불어 그때부터 드래곤 로드들로부터의 유희에 대한 제약은 더욱 엄격해진 상황이었다.

때문에 에디스는 그레이너가 이베인을 거론하는 이유를 모를 리 없었다. 과도한 몰입으로 이베인과 같은 일을 만들지 말라는 뜻인 것이다.

아울러 다르게 생각하면 이베인 꼴이 날수도 있으니 행동을 조심하라는 뜻도 될 수 있었다.

에디스 입장에서는 굉장히 기분 나쁠 수 있는 발언이었는데, 의외로 그녀는 화난 모습이 아니었다.

그녀가 말했다.

"난 그런 멍청한 짓을 할 생각이 없다. 그럴 생각이었으면 애초에 밀렘 후작의 제자가 되지도 않았겠지."

그건 맞는 말이었다. 그녀라면 더 높은 신분으로 위장하거나 밀렘 후작보다 더 강한 자를 곁에 둘 수도 있었다. 중간계에선 신에 가까운 존재인 드래곤이니.

"네가 내게 할 조언은 그것이 다인가?"

"그렇습니다. 제 무례함에 대해서는 깊은 사과를 드립니다. 아즈라 왕국의 사람으로서 말씀을 드리지 않을 수가 없었습니다."

"내 정체를 알아챘으니 그런 걱정이 들 수 있었겠지. 충분히 이해한다. 좋다. 네 조언을 받아들이마."

에디스는 시원스럽게 고개를 끄덕였다. 그녀의 입장에선 화가 날 수 있는 상황이었는데 너무나도 담담했다. 오히려 부드럽기까지 했다.

그런 반응에 그레이너는 도리어 불길한 느낌이 들었다. 어느 정도 충돌을 예상하고 움직인 것인데 에디스가 생각과 전혀 다르게 행동하고 있었기 때문이다.

그의 느낌은 틀린 것이 아니었다.

곧이어 이어진 에디스의 말로 인해 그는 그 이유를 알 수 있었다.

"자, 그럼 네 조언을 내가 받아들였으니 넌 내게 무엇을 해 줄 것이지?"

"……."

그레이너의 눈썹이 살짝 꿈틀거렸다.

그가 물었다.

"그게 무슨 말씀이십니까?"

"이해가 가지 않는다는 표정 지을 필요 없다. 내가 무슨 말을 하고 있는지는 네가 잘 알고 있잖아?"

"……."

당연히 잘 알고 있었다. 그녀는 자신이 조언을 들었고 그것을 받아들였으니 그 대가를 바라는 것이다.

그레이너는 일이 귀찮게 됐음을 알았다. 일반적인 드래곤들과 다른 에디스의 성격이 상황을 이상하게 만들었다. 다른 드래곤이었다면 무엄하다며 혼을 내려 했을 텐데 그녀는 그렇지 않았기 때문이다.

그레이너는 우선 그녀가 무엇을 원하는지 들어보기로 했다.

"무엇을 원하십니까?"

"훗."

그레이너의 물음에 에디스가 미소를 지었다.
이내 그녀가 대답했다.
그 대답은 그레이너의 예상을 또 한 번 빗나가게 만들었다.
"네가 내 유희 상대가 돼줘야겠다."

CHAPTER 03
에디스의 제안

"……!"

그레이너의 표정이 약간 찌푸려졌다.

거의 변화가 없는 그의 얼굴에 감정이 나타날 정도인 것을 보아 정말 예상 밖의 대답인 듯했다.

그레이너는 에디스의 대답을 자신의 정체를 밝히지 말라든지, 아니면 금은보화쯤으로 생각했다. 유희의 정체가 드러나선 안 되는 건 당연했고, 드래곤들이 가장 선호하는 물건이 휘황찬란한 금과 보석 종류였으니 충분히 그렇게 예상할 만했다.

그런데 전혀 생각지도 못한 대답이 나와 버리다니.

그는 또 한 번 에디스가 보통의 드래곤들과 완전히 다른 성격을 가졌다는 걸 새삼 느꼈다.

그레이너의 반응을 예상했는지 에디스는 미소를 지우지 않았다. 그녀가 말을 이었다.

"내 조건에 조금 놀랐나 보군. 당연히 그러겠지. 내가 네 입장이라도 놀랐을 테니까."

"……."

"사실 그렇지 않아도 난 후작을 떠날 생각을 가지고 있었다. 아무리 유희라지만 인간에게 고개를 숙이는 것이 별로 마음에 들지 않았거든. 그들과 떨어져 빠져나온 것도 사실 그 이유 때문이었지. 네가 날 찾지 않았다면 아마 난 그냥 여기를 떠났을 거야."

"……."

그레이너는 무표정했다. 그녀의 말에 반응을 보이지 않는 것으로 보아 지금 상황이 마음에 들지 않는 듯했다.

그레이너가 말했다.

"그럼 이대로 가시면 되지 않습니까?"

"그러려 했는데 너를 만나고서 마음이 바뀌었거든. 후작과의 전투를 보고 네게 흥미가 생겨 버렸다, 로건."

드래곤의 관심.

그레이너에겐 거슬리는 상황이었다.

"많이 황당한 듯하군. 좋다, 그렇다면 내가 이러는 이유에 대해 지금부터 설명을 해주지."

그레이너가 무슨 말을 하기도 전에 그녀는 이야기를 시작했다.

"좀 전에 네가 이베인 이야기를 꺼냈는데, 내가 유희를 시작한 이유가 바로 암흑의 대마법사라 불리는 제라딘 때문이다."

"……!"

제라딘이 거론되자 가만히 있던 그레이너의 눈빛이 살짝 바뀌었다. 설마 여기서 제라딘이 거론될 줄은 생각도 못한 것이다.

"이베인에 대한 이야기를 전해 듣고 난 제라딘이라는 인간에 대해 호기심을 느끼기 시작했다. 어찌 인간이 마법으로 드래곤을 죽이고 그런 일을 벌였는지 신기했지. 다른 드래곤들은 우연히 일어난 일이라 치부했지만 난 그럴 수가 없었다. 왜냐하면 난 다른 드래곤들과 달리 유난히 호기심이 많거든."

그건 그레이너도 동의했다. 그런 성격이 아니었다면 지금과 같은 상황을 벌이지 않았으리라.

"그래서 난 제라딘에 대해 알아봤고, 시간이 흐르자 그 호기심은 제라딘에서 인간 전체로 향하게 되었다. 결국 난 결심하게 되었지. 직접 인간을 만나 겪어보기로 말이야. 그렇게 내 유희가 시작된 것이지."

"……."

"유희를 시작함과 동시에 연구 대상을 알아봤다. 난 평범한 인간을 관찰하려는 것이 아니었기에 힘을 가진 자를 수소문했지. 그리고 결국 한 명을 선택했는데, 그 인간이 바로 밀렘 후작이다."

이야기를 하던 에디스가 은근하게 물었다.

"그럼 여기서 의문이 들겠지? 왜 내가 밀렘 후작을 선택했는지 말이야."

그레이너는 아무런 말도 하지 않았다. 대답하지 않아도 그녀가 알려줄 것이기 때문이다.

역시나 그녀는 이유를 말했다.

"그 이유는 가장 적당했기 때문이야. 처음엔 암흑의 대마법사 제라딘 같은 강한 흑마법사를 연구하려 했다. 그런데 어이없게도 흑마법사 중 강한 자는 제라딘이 유일하더군. 흑마법사들은 제라딘이 나타나기 전까지 신성교단과 백마법사 집단에 의해 심한 핍박과 제약을 받아 대부분이 2서클에서 3서클밖에 되지 않았던 거야. 연구나 관찰할 만한 자들이 전혀 없었던 거지."

그건 그레이너도 알고 있었다.

제라딘이 흑마법사들에게 신과 같은 존재로 추앙을 받는 이유가 바로 이 때문이었다. 실력도 실력이지만 노예같이 비천했던 흑마법사들의 신분을 상승시켜 주고, 이젠 그 누구도 함부로 할 수 없는 존재로 만들어준 업적. 그래서 그를 받들고 숭배하는 것이다.

"그런 이유로 난 결국 흑마법사를 선택하려던 것을 포기해야 했지. 참고로 백마법사는 처음부터 연구 대상에 포함되지도 않았다. 백마법에 대한 건 내가 더 잘 알고 있고 인간에게 마법을 알려준 것이 우리 드래곤이니 연구할 필요조차 없었던 거지. 결국 그래서 선택한 것이 기사고 그중 기사의 서열에 속한 자를 선별하기로 했다."

에디스가 그레이너를 손가락으로 가리켰다.

"한데 상위권에 속한 자들은 선택을 할 수가 없었다. 너처럼 날 알아보는 자가 있을 수 있기 때문이지. 중위권도 혹시나 하는 마음이 있었고 그래서 선택한 것이 바로 하위권이었지. 그중에서도 그나마 나은 실력을 가진 밀렘 후작을 선택한 거야."

그레이너는 속으로 고개를 끄덕였다. 밀렘 후작 정도면 적절한 선택이었다.

"이후 일은 예상하는 대로다. 후작의 제자가 된 나는 여러 가지 체험과 관찰을 하면서 기사가 어떤 존재고 무슨 힘을 가지고 있는지 알아가게 되었지. 덕분에 기사라는 존재에 대해 많은 것을 알게 되었다. 하지만 시간이 흐르자 한계가 오더군."

에디스는 고개를 저었다.

"난 후작보다 더 많은 것을 알고 있지. 더불어 그보다 월등히 강하고. 그러다 보니 그자의 한계가 눈에 보였다. 그래서 더 이상 관찰할 가치가 없음을 깨달았고 떠나기를 결심했지. 그것이 바로 얼마 전이었고, 오늘 기회를 보고 떠나려 했던 거다. 널 만나기 전까진 말이지."

"……."

그레이너는 어찌해야 할지 고민했다.

그는 절대 에디스의 조건을 받아들이고 싶지 않았다. 그는 혼자가 편했고 계획에 따라 움직이고 있는 지금 변수를 만들고 싶지 않았다.

하지만 거부하기가 힘든 것이 상대가 드래곤이라는 점이었다.

드래곤을 상대할 자신이 없는 건 아니었다. 그러면 이렇게 나서지도 않았을 테니 말이다. 그가 가지고 있는 능력이라면 충분히 드래곤을 곤란하게 만들 수 있었고 자신을 어찌하지 못하게 할 자신도 있었다.

그런 그가 걱정하는 건 에디스가 앙심을 품고 자신에게 적대적으로 행동할 수 있다는 것 때문이었다.

그건 계획에 차질을 만들 만한 일이었다. 특히 로건이란 신분에 문제가 되는 건 엄청난 손실이 아닐 수 없었다. 지금 가장 중요한 것이 바로 '로건' 그 자체이기 때문이다.

결국 고민을 하던 그레이너가 말했다.

"제가 받아들이지 않는다면 어쩌시겠습니까?"

"그럼 받아들일 때까지 재밌는 장난을 좀 쳐야겠지."

그녀가 말하는 장난은 말 그대로 그냥 장난은 아닐 것이 분명했다.

"그럼 다른 사람을 소개하겠습니다."

"그자가 너보다 강한가?"

"……."

그레이너의 침묵에 에디스가 미소를 지었다.

"로건, 내가 널 고른 것은 두 가지 이유야. 하나는 밀렘 후작도 가볍게 무력화시킬 수 있는 네 강력함, 나머지 하나는 네가 숨기고 있는 비밀스런 힘."

"……."

그레이너도 어느 정도 예상하고 있었다. 에디스가 자신의 능력을 어느 정도 감지하고 있음을. 거론하진 않았지만 아마 그것도 하나의 이유가 됐으리라.

"그렇다고 오해는 하지 마. 난 네 비밀이나 숨겨진 능력을 알아내려고 이러는 것은 아니니까. 내가 기대하는 건 이후에 벌어질 사건들이야. 밀렘 후작을 패배시킨 만큼 이번 전쟁에서 넌 더 강한 자들을 상대하게 될 것이고, 난 그것을 바로 옆에서 지켜보려는 거지. 그게 바로 내가 원하는 일이야."

그리고 그녀는 마지막으로 가장 중요한 것을 말했다.

"아울러 처음에 이야기했듯 또다시 인간에게 고개를 숙이고 싶진 않거든. 연기라지만 그건 정말 참기 힘든 일이지. 그렇게 봤을 때 로건 넌 내 정체를 알고 있으니 가장 적당한 상대라 할 수 있잖아. 안 그래?"

'역시 즉흥적인 것이 아니었군.'

에디스의 이야기를 모두 듣자 그레이너는 알 수 있었다. 그녀는 처음부터 자신이 찾아올 것을 알고 있었다는 걸.

결국 지금 상황은 어쩌다 일어난 것이 아닌, 그녀가 처음부터 계획한 일이었던 것이다. 어이없게도 그레이너는 그녀의 예상대로 움직이고만 것이고.

그렇다는 건 에디스를 떼어놓을 방법은 없다는 뜻이었다.

로건이란 신분을 버리고 숨어버리면 문제가 해결되지만 절대 그럴 수 없었다.

이미 말했듯이 로건은 그의 계획에 가장 중요한 역할이기 때문이다.

때문에 그가 내려야 할 선택은 이미 정해져 있었다.

"좋습니다. 받아들이지요."

"훗, 좋은 선택이야."

에디스는 그럴 줄 알았다는 듯 미소를 지었다.

"하나, 무작정 계속 함께할 수는 없는 일. 기한은 이번 전쟁이 끝날 때까지입니다. 그것을 받아들이지 않는다면 없던 일로 하겠습니다."

"좋아. 나 역시 그 정도가 적당할 것 같군. 전쟁이 끝난 후엔 언제 옆에 있었냐는 듯 조용히 사라져 주지."

"하나 더, 제가 드래곤인 걸 알고 있다는 이유로 명령을 내리거나 무언가를 시킬 생각은 안 하는 게 좋을 겁니다. 제가 하는 일에 참견해서도 안 되고요. 그것들 역시 계약이 파기되는 조건이 될 겁니다."

"그러지."

에디스는 간단하게 고개를 끄덕였다. 어찌 보면 건성으로 대답하는 것으로 보였다.

하지만 그레이너는 두 번 다짐을 받진 않았다. 상대는 바보가 아닌 중간계의 절대자 드래곤이기 때문이다.

결국 더 이상의 조건은 없었고, 그렇게 그들의 계약은 성사가 되었다.

"그럼 잘 부탁하지, 로건."

"……."

에디스가 손을 내밀사 그레이너는 가만히 있다 무표정한 얼굴로 악수를 받았다. 역시나 지금 상황이 마음에 안 드는 건 확실해 보였다.

악수를 마치고 그레이너가 말했다.

"이제 모습을 바꾸시지요. 그 모습으론 오해만 살 테니."

"음, 그렇군. 폴리모프(Polymorph)."

에디스는 말하듯 편안하게 모습을 변화시켰다. 주문을 외우는 시간조차 없었다.

"어때?"

그녀는 팔을 벌리며 자신의 모습이 어떤지 물었다. 좀 전엔 금발에 단정한 외모를 가진 미인이었다면 지금은 갈색 머릿결에 눈웃음이 매력적인 묘한 분위기를 자아내는 미인으로 바뀌어 있었다.

"……."

좀 전의 모습과 완전히 달라졌지만 그레이너는 불만족스러운 느낌을 보였다. 그 이유를 그가 말했다.

"남성으로 바꾸실 생각은 없으십니까? 그런 미모를 가진 여성은 너무 눈에 띄고 시선을 불러 모아 불편해질 수 있습니다."

바로 미모 때문에 사람들의 시선을 불러 모을 것을 감안한 것이다.

에디스가 미소를 지으며 말했다.

"치근덕거리는 것 말인가? 몇 번 당해보기는 했는데 가히 좋은 기분은 아니더군. 또 왜 나를 보고 그런 기분을 느끼는지도 이해가 가지 않고 말이야."

당연히 드래곤은 그런 느낌을 알 수 있을 리가 없었다. 드래곤은 이성이 아닌 중성이기 때문이다.

"하지만 그래도 난 여성이 좋더라고. 왜냐하면 아름답잖아. 또 내 성격에 맞기도 하고."

그러며 눈웃음을 지었다. 확실히 행동을 보면 여성에 가깝

기는 했다.

그에 그레이너는 그것에 대해선 더 이상 말하지 않았다. 대신 다른 걸 물었다.

"이름은 어떻게 하시겠습니까?"

"당연히 바꿔야지. 지금부턴 '데비아니'라 불러줘."

그레이너는 고개를 끄덕였다.

"그럼 이제 돌아가지요."

그레이너는 신형을 돌렸다.

데비아니는 그 뒤를 따랐고 두 사람은 금세 사라졌다.

* * *

밀렘 후작과 네바로 왕국의 기사들은 결국 비톤 성을 빠져나갔다.

바우어 자작의 명령도 있었지만 후작을 막을 자가 없었기에 그레이너의 말대로 도망치도록 그냥 놔두었다.

하지만 자작은 나머지는 쉽게 놔주지 않았다. 후작은 몰라도 다른 이들은 어떻게든 처리를 해야 했다. 그래야 조금이라도 상대의 전력을 줄일 수 있기 때문이었다.

그런 이유로 네바로의 침투조 기사들은 많은 수가 죽음을 맞이했고, 후작과 같이 탈출한 이들도 온전하게 도망치지는 못했다. 성문으로 나갈 수가 없기에 성벽에서 뛰어내려야 했던 것이다. 때문에 심각한 부상을 면치 못했고 어떤 이는 뛰어내린 충격으로 죽은 자까지 생길 정도 있었다.

비톤 성 병력은 성벽 밖까진 쫓지 못했다. 네바로군이 대기를 하고 있었기 때문이다.

네바로군은 성벽으로 침투조 기사들이 뛰어내리자 급히 돕기 위해 나섰다.

그들은 생존자들을 보호하며 본진으로 돌아갔고 얼마 가지 않아 엄청난 충격에 빠질 수밖에 없었다.

그 이유는 바로 밀렘 후작의 모습 때문이었다.

왼팔이 잘리고 몸 여기저기에 검상을 입은 후작의 모습은 네바로 진영을 놀라게 만들기 충분했다.

총사령관인 쿠건 백작을 비롯한 수뇌부는 그 이유가 비톤 성의 병력에 의한 것이라 여겼다. 침투조가 발각되면서 일이 원하는 대로 흘러가지 않아 실패하리라 예상한 것이다.

한데 잠시 후, 후작의 첫째 제자인 코플리가 비톤 성에 있었던 사정을 이야기하자 그들은 경악에 빠지고 말았다.

후작이 비톤 성 병력에 당한 것이 아니라 한 사람과의 결투에서 당한 것이란 이야기를 들었기 때문이다.

쿠건 백작은 믿지 못했다. 그 말은 비톤 성에 소드마스터가 있다는 뜻이 되기 때문이다.

그에 코플리가 말했다.

"소드마스터가 맞습니다. 스승님께선 그자에게… 단 하나의 상처도 입히지 못했습니다. 그 정도로 압도적인 실력을 가진 자였습니다."

"……."

코플리의 말에 수뇌부는 침묵에 빠질 수밖에 없었다.

그리고 그날 밤.

네바로 진영에서 몇 기의 인마가 사방으로 흩어져 어딘가로 사라졌다.

* * *

"오십니다."

비톤 성의 전투작전실.

기사의 말에 안에 있던 비톤 성의 수뇌부가 모두 자리에서 일어났다. 당연히 그 안에는 국경수비대의 대장 바우어 자작을 비롯한 대리 영주인 뒤리스 공, 영지 치안 책임자인 왕실군의 키너 남작도 자리하고 있었다.

덜컥.

이윽고 문이 열리며 두 사람이 안으로 들어섰다.

그들은 바로 그레이너와 데비아니였다. 비톤 성 수뇌부는 그레이너를 기다리고 있었던 것이다.

"오셨습니까. 이쪽으로 앉으시지요."

먼저 나서서 그레이너를 맞이한 건 바우어 자작이었다. 현재 비톤 성의 최고 귀족이자 지휘관이었지만 직접 그레이너를 안내했다.

그것을 다른 이들도 이상하게 받아들이지 않았다. 그 이유는 그레이너가 소드마스터였기 때문이다.

소드마스터는 어느 나라를 가든 최소 백작 이상의 지위를 얻을 수 있었다. 때문에 이들이 이러는 것은 전혀 이상한 일이 아니었다.

그레이너는 바우어 자작이 안내한 자리에 가 앉았다.

데비아니도 옆에 같이 앉았는데 사람들은 그것에 인상을 찌푸렸지만 아무 말도 하지 않았다. 이들이 이런 모습을 보이는 건 이미 그레이너가 데비아니에 대한 이야기를 전한 상태였기 때문이다.

데비아니와 만난 후 그레이너는 바우어 자작 등에게 다시 돌아갔다.

후작을 좇아간 줄 알았던 바우어 자작 등은 그레이너가 웬 여인을 데리고 오자 의아한 표정을 지었다. 당연히 데비아니에 대해 물었다.

그에 그레이너는 간단하게 대답했다.

"내 손님이오."

단순한 대답에 의문 어린 말이었지만 바우어 자작 등은 더 이상 물어볼 수 없었다. 그레이너가 다른 질문은 받지 않겠다는 모습을 보였기 때문이다.

그레이너는 데비아니를 친구나 동료 같은 가까운 신분으로 위장하지 않았다. 그렇게 하면 쉽게 넘어갈 수 있겠지만 데비아니에게 말을 높이는 이유를 설명할 길이 없기 때문이었다.

더불어 그녀를 자신의 손님이라 알려놔야 다른 이들이 함부로 하지 못할 것이기에 아예 처음부터 선을 그어놓은 것이었다.

데비아니도 그레이너의 그런 의도에 동의하는지 정정하거나 제지하지 않았다.

바우어 자작 등은 그런 의중을 어느 정도 짐작하고는 그녀에 대한 관심을 끊었다.

이후 바우어 자작은 밀렘 후작이 비톤 성을 빠져나간 것을 알렸고, 오늘 일어난 모든 정황에 대해 듣기를 원했다.

그에 그레이너는 전투작전실로 수뇌부를 소집해 거기서 만남을 가질 것을 알렸다. 한마디로 그 자리에서 모든 걸 설명하겠다는 뜻이었다.

그 의도를 안 바우어 자작은 수뇌부를 모두 전투작전실로 모이게 했고 이렇게 지금 만나게 된 것이었다.

"모든 질문에 대답하리다. 무엇이 알고 싶소?"

자리에 앉고 먼저 입을 연 것은 그레이너였다.

그레이너의 말에 바우어 자작은 고개를 끄덕이더니 말했다.

"좋습니다. 그럼 먼저 진정한 정체를 알고 싶습니다. 이전에 사냥꾼이라 말씀하셨지만, 소드마스터가 사냥꾼일 리는 없는 법. 도대체 누구십니까?"

자작의 물음에 모두의 시선이 그레이너를 주시했다. 모두가 알고 싶어 하던 것이었다.

그레이너는 준비했던 대답을 했다.

"내 본래 이름은 로건 험프리즈요."

"험프리즈?"

험프리즈라는 성을 밝히자 자작을 비롯한 수뇌부가 눈을 반짝였다. 성이 있다는 건 귀족이라는 뜻이고, 소드마스터가 배출됐다면 유명한 가문일 것이 분명했기 때문이다.

"음……."

한데 사람들이 당황한 눈치를 보였다. 예상 밖에 아는 자가 보이지 않았기 때문이다. 대부분 고개를 갸웃거리며 낯선 반응을 보였다.

분위기가 험프리즈 가문을 알지 못하는 방향으로 흘러가자 당혹스럽게 변했다. 가문을 밝혔는데도 알지 못하니 그레이너가 기분 나빠 할 수 있다 여긴 것이다.

그런데 그때였다.

"혹시 에거튼이란 분이 험프리즈 가문의 사람이 아닌지요?"

생각에 잠겨 있던 바우어 자작이 질문을 했다.

그의 물음에 그레이너가 고개를 끄덕였다.

"맞소. 바로 제 할아버지 되시는 분이오."

"앗!"

그레이너의 수긍에 자작이 놀란 얼굴을 했다.

그는 그제야 정체를 알겠다는 듯 자신도 모르게 크게 소리쳤다.

그 외침에 전투작전실은 경악에 빠졌다.

"역적 험프리즈!"

CHAPTER 04
험프리즈 가문

"역적?"

바우어 자작의 말에 수뇌부 모두는 놀란 모습을 감추지 못했다.

자신들을 도운 그레이너가 역적의 가문 사람이라니.

그들의 시선엔 순식간에 혼란과 불신이 자리 잡기 시작했다.

"아!"

그때 방 안의 분위기가 이상하게 흘러가는 걸 느낀 자작이 급히 사과를 했다.

"이, 이런 죄송합니다. 저도 모르게 그만."

그러고는 수하들에게 급히 설명했다.

"모두 오해들 말게. 험프리즈 가문이 역적에 몰렸던 건 억울한 누명을 썼던 것이니. 이미 무고함이 밝혀졌고 가문의 신원은 회복이 되었네."

그 말에 사람들의 표정은 풀렸다. 역적이란 단어가 나오는 바람에 한순간 긴장하고 말았다.

이윽고 긴장이 풀리고 나니 이번에는 사람들의 시선에 다른 것이 자리를 잡았다. 그것은 다름 아닌 의문이었다. 어떤 억울한 사연으로 역적이 되었던 것인지 궁금해진 것이다.

바우어 자작은 험프리즈가의 사정을 알고 있었지만 이야기할 수 없었다. 그레이너가 험프리즈가의 사람이라 밝힌 상황에 자신이 가타부타 이야기하는 건 엄청난 무례였기 때문이다.

역적이나 억울한 누명 같은 말이 나온 것처럼, 험프리즈가의 사연은 그 가문 사람에겐 기분 좋은 이야기가 아니었다.

하지만 간접적으로 알려주는 건 문제가 되지 않기에 대화로 사연을 알 수 있게끔 유도했다.

"험프리즈 가문의 사람이시라니, 놀랐습니다. 신원이 회복되기는 했지만 소문에 가문의 사람이 아무도 살아남지 못했다 들었는데……. 그 때문에 참 안타까워했었지요."

"그다지 잘못된 소문은 아니오. 아버님을 빼고 가문의 모든 일원이 죽임을 당했으니. 할아버님께서 가문이 계략에 빠질 것을 알아채시고는 아버님을 피신시키지 않았다면 소문 그대로의 일이 벌어졌을 것이오."

험프리즈가는 예전 아즈라의 충신 가문 중 하나였다.

오래전, 왕가와 귀족가는 파벌 싸움을 벌였는데, 험프리즈가는 왕가의 편에 섰던 귀족가 중 하나였다.

귀족 파벌은 왕가의 세력을 무너뜨리기 위해 계략을 펼쳤고, 험프리즈가를 비롯한 몇몇 가문이 역적의 누명을 쓰면서 참극을 당하고 말았다.

이후 파벌 싸움에서 왕가가 승리를 해서 역적의 누명을 벗기는 했지만 이미 때는 늦은 후였다. 전부 사형에 처해져 죽임을 당한 뒤였기 때문이다.

그런데 알고 있던 바와 달리 험프리즈가의 사람이 살아 있고, 그것이 그레이너라고 하자 바우어 자작은 놀랄 수밖에 없던 것이다.

"음, 그렇군요. 참으로 다행스런 일입니다."

자작은 고개를 끄덕이며 다행이라는 반응을 보였다. 그가 이런 모습을 보이는 이유는 그의 가문이 험프리즈가와 인연이 있기 때문이었다.

사실 자작의 가문도 왕가의 편에 섰던 가문 중 하나였다. 당시 계략의 대상이 아니라 역적으로 몰리지 않아 화는 면했지만, 큰 어려움을 겪은 것을 자작은 기억하고 있었다. 그때 그는 가문의 어린 후계자였고, 때문에 험프리즈가의 역적 사건을 이들 중 유일하게 기억하고 있었던 것이다.

'역시.'

그레이너는 속으로 고개를 끄덕였다. 바우어 자작의 이런 반응을 어느 정도 예감했기 때문이다.

이것이 그가 '로건 험프리즈'라는 신분으로 위장한 이유 중 하나였던 것이다.

로건 험프리즈는 실존했던 자였다.

실제로 험프리즈가의 가주였던 에거튼은 아들 앤더슨 부부를 피신시켰다.

이후 앤더슨의 부인은 로건이란 아들을 낳았는데 그들의 삶은 처참했다.

귀족가의 자제였던 앤더슨은 살아남았지만 절망의 나락에 빠져 아무것도 하지 않았다. 누명으로 패가망신했는데도 복수를 꿈꾸기는커녕 평민보다 못한 삶을 저주하며 하루하루를 폐인으로 살았다. 그 이유는 희망이 없기도 했지만 귀족가의 여인으로 곱게 살아온 부인이 어려운 생활을 견디지 못하고 자살한 영향도 있었다.

그런 사건은 로건에게까지 영향을 미쳤고, 결국 스무 살이 되기도 전에 로건은 주먹가의 건달이 되고 말았다.

로건은 그런대로 알아주는 건달이었다. 앤더슨이 가문을 빠져나오면서 대대로 이어져 오는 검술과 체술을 가지고 나왔는데 그것을 조금이나마 익힌 덕분이었다.

앤더슨과 로건은 자신들의 원래 신분을 숨겨왔다. 누명임을 알지만 겉으로 봤을 땐 역적의 신분이기에 밝혀지면 끝장이었던 것이다.

그런 사정을 그레이너의 스승이 알아내게 되었고, 그들이 누명을 벗었다는 소식을 듣자마자 은밀히 처리했다.

이후 앤더슨과 로건은 스승과 그레이너의 위장 신분이 되었고 지금 그레이너를 통해 세상에 나타나게 된 것이다.

"그럼 그동안 사냥꾼으로 살아오신 겁니까?"

바우어 자작은 정중하게 물었다. 그의 표정은 한결 편안해져 있었다.

험프리즈가는 원래 백작 가문으로 바우어 자작의 가문보다 지위가 높았다. 소드마스터라도 어린 나이의 사람에게 갑작스럽게 말을 높이는 것이 씁쓸했는데 상대의 신분을 안 지금은 그 부담이 사라진 것이다.

그레이너가 대답했다.

"그렇소. 아버지께서는 사냥꾼으로 신분을 숨기셨고, 언젠가 억울한 누명이 벗겨져 신원이 회복될 것이라 말하셨소. 그러며 내게 가문의 검술을 익히게 하셨고 지금까지 흘러오게 된 것이오."

"그러셨군요. 그렇다면 아버님께서는……."

"끝내 누명을 벗고 신원이 회복되었다는 소식을 듣지 못하고 돌아가셨소."

"아, 그런… 죄송합니다."

바우어 자작은 안타까운 표정을 지었다.

"괜찮소. 이미 오래전 일이니."

"하면 로건 님께서는 혼자서 지금까지……."

그레이너는 고개를 끄덕였다.

"신원이 회복되었다는 소식을 들었지만 원하는 경지를 이루기 위해 나타나지 않았소. 그러다 결국 성취를 이루었고 우연히 네바로 왕국의 침략을 목격하게 되면서 이렇게 나서게 된 것이오."

"아."

바우어 자작을 비롯한 모두가 감탄했다. 그러며 그제야 그레이너가 했던 모든 행동에 대한 의문에 대하여 이해되기 시작했다.

네바로군의 침투 병력 발목을 잡은 것이나 치밀한 작전을 세운 일, 병력을 알아낸 것 등 모든 것이 설명이 된 것이다.

전략은 가문에 내려오는 지식을 얻은 덕분이고, 무력은 소드마스터에 이른 경지 때문인 것이다.

험프리즈가는 기사 가문이었고 뛰어난 검술을 가지고 있었기에 자작은 충분히 가능함을 알 수 있었다.

그러자 이제 남은 의문은 한 가지였다.

바로 밀렘 후작을 살려 보낸 일.

그것은 그레이너가 정체를 밝혔어도 풀리지 않는 의문이

었다.

바우어 자작이 그 이유를 물었다.

"그렇다면 아까 밀렘 후작을 살려주신 이유가 무엇입니까? 다른 자도 아니고 적국의 소드마스터이며, 뒤에 가선 후환이 될 수 있는 그를 왜 살려주라 하신 건지요?"

그레이너는 망설임 없이 대답했다.

"그를 살려준 것은 나를 서국 연합에 알리기 위함이요."

"예?"

바우어 자작의 얼굴이 살짝 굳어졌다. 고작 자신을 알리기 위해 적국의 소드마스터를 살려준 것이라고?

그는 약간 당황한 표정이 되었다.

"그, 그게 무슨 말씀이십니까? 알리기 위해서라니요?"

"바우어 자작, 자작은 이번 일이 네바로 왕국 혼자서 벌인 일 같소?"

그레이너는 대답 대신 질문을 했다.

갑작스런 질문에 바우어 자작이 의아한 반응을 보였다.

"무슨 뜻으로 하는 말씀이신지요? 네바로 왕국 혼자 벌인 일이 아니면, 혹 다른 나라가 관련이라도 되어 있다는 말입니까?"

"생각해 보시오. 포이즌 우드 대륙은 두 개의 연합으로 나뉘어 있소. 수많은 나라가 있지만 결국 크게 보면 두 개의 집단으로 분류가 돼 있지. 그런 상황에서 네바로 왕국이 자체적으로 전쟁을 결심하고 아즈라를 공격한다는 것이 가능하다고 보시오?"

"……."

그레이너의 말에 자작의 표정이 굳어졌다. 그레이너가 무슨 이야기를 하는지 알 것 같았기 때문이다.

다른 이들도 마찬가지였다. 질문의 의도를 짐작하고는 표정들이 달라졌다.

"로건 님께서는 지금 네바로 왕국이 침공한 것이 서국 연합 전체의 결정이라 보신다는 겁니까?"

"그뿐만이 아니오. 난 다른 나라도 동참했다 보고 있소이다."

"……!"

바우어 자작을 비롯한 수뇌부 모두의 눈이 커졌다.

그건 생각지 못한 대답이었기 때문이다.

자작은 잠시 고민을 하더니 이윽고 고개를 숙인 채 입을 열었다.

"네바로 왕국의 갑작스런 침략을 막는 데 급급해 그 이상까진 생각해 보지 못했는데, 가능한 이야깁니다. 충분히 서국 연합이 관련됐을 수 있을 겁니다."

자작이 고개를 들었다.

"하지만 다른 나라까지 합심해 침략했다는 건 동의하기 힘든 의견입니다. 그 말은 결국 서국 연합이 대륙 전쟁을 결심했다는 뜻이 되기 때문입니다."

주변에서 듣던 수뇌부도 고개를 끄덕였다.

"지금 국경 문제가 있어도 동국 연합과 서국 연합이 크게 전투를 일으키지 않는 이유가 무엇이겠습니까? 바로 대륙 전쟁의 불씨가 되진 않을까 걱정되어 그런 것입니다. 다시 대륙 전쟁이 발발하면 한 연합이 사라질 것을 알기에 참고 있는 것이지요. 그런 상황에 어찌 대대적으로 합심해 전쟁을 일으키겠습니까."

"불가능하지 않소. 서국 연합이 대륙 전쟁을 결심한 상황이라면 가능하지."

"……."

그 말에 바우어 자작이 살짝 인상을 찌푸리더니 포이즌 우드 대륙의 지도를 펼쳤다.

"그렇다면 포이즌 우드 대륙의 지도를 봐주십시오. 로건 님의 말씀대로 서국 연합이 대륙 전쟁을 결심하고 다른 나라도 침공하도록 결정했다면 가능한 것은 로카 왕국입니다. 우리와 국경을 맞댄 또 하나의 서국 연합 국가이니까요. 한데 이 두 나라는 우리 아즈라 말고도 동국 연합의 다른 두 나라와도 국경을 마주하고 있습니다. 바로 시어스 제국과 티안 왕국이지요."

그랬다. 지도에 네바로 왕국은 시어스 제국, 로카 왕국은 티안 왕국과도 국경을 마주한 상태였다.

"대륙 전쟁을 결심하고 전쟁을 일으켰다면 시어스 제국과 티안 왕국은 가만히 있지 않을 것이고, 우리를 공격한 만큼 이들도 공격을 당할 겁니다. 그럼 우리보다 더 심각한 피해를 입을 것이 확실합니다. 왜냐하면 주요 병력이 우리 아즈라 영토에 빠져 있으니까요. 두 나라의 공격을 막기가 힘들어지지요."

"……."

"대륙 전쟁을 결심했다면 서국 연합이 이런 상황이 벌어질 것을 모를 리 없습니다. 우리 아즈라를 공격하면 처음엔 우위를 보일지 몰라도 뒤에 가선 더 큰 피해를 입게 된다는 걸 잘 알지요. 때문에 대륙 전쟁이 일어날 확률은 희박하고 이번 일 또한, 전 국경 문제에 의한 돌발 상황이라 여겨집니다. 그렇게 장담하는 근거는 서국 연합이 대륙 전쟁을 일으킬 명분도, 이유도 없으니까요."

바우어 자작은 그렇게 마무리했다. 거의 확신에 가까운 대답이었다.

자작의 말은 틀리지 않았다. 평상시였다면 서국 연합은 절대 전쟁을 일으키지 않았을 것이다. 그의 말대로 위험을 감수하면서까지 그럴 이유가 없으니까.

하지만 그럴 만한 이유가 생겨 버렸다.

바로 황자와 왕자들이 죽은 사건.

그 사건이 서국 연합 군주들을 격분하게 만들어 버렸고 자작이 부정하는 상황을 가능하게 만든 것이다.

바우어 자작은 그것을 모르기에 네바로 왕국의 침략을 국경 문제 때문이라 치부한 것이었다.

'그렇다고 말할 수는 없지.'

그레이너는 황자와 왕자 사망 사건을 말할 수 없었다. 그건 아직 밝힐 일이 아닌 데다 자신이 말해야 할 상황도 아니었기 때문이다.

그는 주변을 둘러봤다.

분위기는 대부분 자작의 말에 동의하는 모습이었다. 그들 역시 서국 연합 전체가 전쟁을 일으켰을 거라곤 생각지 않고 있었다.

하나, 몇 명은 그의 말에 흔들리는 모습을 보였다. 참모인 해럴드나 영지 치안 책임자이자 왕실군 소속인 키너 남작 등이 그랬다. 그들은 국경 문제만으로 네바로 왕국이 침략한 것을 부족하게 생각하는지 굳은 표정으로 생각에 잠겨 있었다.

그레이너는 이 정도만 해도 된다고 여겼다. 그가 하려는 건 이들을 설득시키려는 것이 아니라 어떤 상황이 벌어지고 있는지 알려주기만 하면 되는 것이기 때문이다.

"자작은 그렇게 생각하고 있구려. 하지만 이미 말했듯 난 서국 연합의 다른 나라들도 아즈라를 침공했다고 여기고 있소. 밀렘 후작을 살린 건 그런 상황을 염두에 두고 행동한 것이오."

바우어 자작은 고개를 끄덕였다.

서로 간의 의견은 충분히 다를 수 있었다. 그리고 어차피 지금 상황에 자신의 주장이나 그레이너의 주장이나 가설이고 경우의 수였다. 어떻게 하든 결론을 내릴 수 있는 것이 아니었다.

"좋습니다. 전쟁에서 최악의 상황을 염두에 두는 것은 기본이니 로건님의 의견을 토대로 이야기를 나눠보지요. 그렇다면 서국 연합의 연합군에게 로건의 존재를 알리려 하신다는 말인데, 왜 그런 생각을 하신 겁니까? 그보다는 오히려 로건 님의 존재를 숨겨 저들에게 전략적인 타격을 줘야 하는 것 아닌지요?"

"평상시라면 그럴 것이오. 하지만 상황을 생각해 보시오. 만약 네바로 왕국뿐 아니라 다른 나라도 함께 공격을 시작했다면 그들의 전력은 네바로와 거의 비슷할 것이오. 그렇다면 기습 공격을 받은 다른 국경 수비대나 영지들이 그것을 막을 수 있다 보시오?"

"예? 그, 그건……."

순간, 자작의 말문이 막혔다.

이번 네바로군의 전력은 소드마스터인 밀렘 후작을 포함해 8만의 대군이었다.

그런데 다른 나라가 비슷한 병력으로 또 다른 국경 수비대에 쳐들어갔다면 막을 가능성이 있을까?

자신들도 그레이너가 알려준 덕분에 비톤 성으로 후퇴해 살아남았지, 그렇지 못했다면 이미 모두 죽은 목숨이었을 것이다. 다른 곳에 이런 행운 또는 요행이 벌어질 리가 없었다.

당연히 희박한 가능성도 없이 '무조건 막을 수 없다'가 정답이었다.

그레이너가 말했다.

"자작의 머릿속에 방금 떠오른 대로 다른 곳은 공격을 막지 못할 것이오. 이곳은 네바로의 침공을 먼저 알아내고 준비한 덕분에 방어했지만 다른 곳은 그럴 준비조차 못했을 테니까. 그렇다면 예상해 보시오. 본국의 국경 지역을 점령한 그들은 다음으로 어떠한 행동을 취하겠소?"

"……."

자작은 그레이너의 말대로 생각을 해봤다.

수도 솔라즈를 향해 진군하는 서국 연합의 연합군.

그에 의해 차근차근 함락되는 영지들.

그리고 무참히 짓밟힌 영토 곳곳의 모습과 시체들.

"음……."

잠시 생각했는데도 자작의 얼굴이 창백해졌다.

그야말로 상상만으로도 끔찍했기 때문이다.

가설이고 경우의 수를 예상하는 것이었지만 생각도 하기 싫은 상황이었다.

"대륙 전쟁을 결심하고 일으킨 것이니 수도 솔라즈까지 몰아치겠지요. 당연히 아즈라는 무참히 파괴될 것이고 동국 연합의 동맹국들이 도와주러 오기까지 상당한 피해를 입을 것입니다."

"맞소. 서국 연합이 칼을 빼어 들었으니 아즈라의 수많은 백성이 그들의 손에 죽어나갈 것이오. 동국 연합의 군대가 도와주러 오기까지 많은 시간이 걸릴 것이고 특별한 일이 벌어지지 않는 한 거침없는 그들의 행보를 우리는 막을 수 없을 것이오."

그 말이 맞다는 듯 자작은 자신도 모르게 고개를 끄덕였다. 그러다 갑자기 표정이 바뀌었다.

"설마 그 특별한 일이……?"

"자작의 생각하는 대로요. 내 존재가 그들에게 알려지는 것이지."

"……."

자작이 멍한 얼굴을 했다. 그제야 그레이너의 의도를 이해한 것이다.

"내가 예상하는 서국 연합의 계획은 간단하오. 서국 연합의 연합군은 우선 각각 중요 국경 지역을 점령할 것이오. 그리고 그것이 완료되면 동시에 수도를 향해 밀고 올라가겠지."

그레이너는 바우어 자작이 펼쳤던 지도를 가리키며 말했다. 그는 노미디스 제국과 로카 왕국이 공격해 이미 점령이 된 브로우드 국경 지역과 페드라드 국경 지역을 정확히 예로 들었다.

"당연히 여기에 네바로 왕국도 포함이 되오. 이들은 네바로 왕국도 자신들과 비슷한 속도로 동진하고 있다 여길 것이오."

모든 국경 지역을 중심으로 봤을 때 수도 솔라즈는 동쪽에 위치했다. 때문에 그레이너는 연합군의 진군 방향을 '동진'이라 표현했다.

"그런데 좀 지나고 나서 연합군은 네바로군이 여기 비톤성에 묶여 있다는 소식을 듣게 되오. 그럼 동맹군인 그들은 어떻게 생각을 할 것 같소?"

"비웃겠지요. 같은 연합이라도 나라는 다르니까."

"그렇소. 똑같은 서국 연합이지만 경쟁 관계이기도 하니 그들은 네바로군을 비웃을 것이오."

"더불어 그들은 네바로군을 기다리지도 않을 것입니다. 그것은 오히려 우리 아즈라 왕국에 시간을 주는 일이 될 테니까."

바우어 자작은 어느새 그레이너의 이야기에 빠져 있었다. 그래서 그런지 자신도 모르게 가설을 함께 이끌어 나가고 있었다.

그레이너는 그것을 막지 않았다.

"맞소. 한데, 그런 그들에게 갑자기 소식이 전해지오. 그것은 바로 비톤 성에 소드마스터가 나타났다는 것이지."

자작의 눈이 반짝였다.

"생각도 못했던 소드마스터의 존재에 그들은 크게 놀라게 될 겁니다."

"그럴 것이오. 수도 솔라즈까지 아무 문제 없을 거라 예상했는데 그것이 빗나간 상황이 될 테니."

"다른 존재도 아닌 소드마스터, 그냥 지나칠 수 없지요. 무시하고 진군했다간 뒤를 잡힐 수 있으니까."

"그럼 그들의 행동은?"

"진군을 멈추게 될 겁니다. 어떻게 할지 고민하게 되겠지요. 그리고 그것은 아즈라가 필요로 했던 시간을 만들어줄 겁니다."

"내 존재가 알려져야 하는 이유가 바로 그것이오."

"……."

그 말을 끝으로 전투작전실은 조용해졌다.

바우어 자작을 비롯한 수뇌부들의 눈이 커졌다.

가설이긴 하지만 그레이너의 의도가 감탄할 만한 것이었기 때문이다.

네바로 왕국만 침략한 것이라면 어처구니없는 짓을 한 것일 수도 있었다.

하지만 반대로 정말 서국 연합의 군대가 쳐들어왔다면 상당히 효과적인 계책이 아닐 수 없었다.

그의 존재를 알리는 것만으로 아즈라가 살아남을 기회를 얻은 것일 수도 있기 때문이다.

그레이너가 의도한 것을 알자 바우어 자작은 후작을 살린 진정한 뜻도 알아차릴 수 있었다.

"밀렘 후작은 증인이군요. 연합군에 로건님의 존재를 증언할 증인."

"그렇소. 밀렘 후작을 죽이고 다른 이들에게 알리도록 할 수도 있소. 하지만 그렇게 하면 연합군이 받을 타격이나 파장을 극대화시킬 수 없소. 그들이 듣는 것은 후작이 죽었다는 말뿐일 테니까."

자작은 맞다는 듯 고개를 끄덕였다.

"그런데 밀렘 후작을 살리고 그가 자신의 입으로 어떤 일이 있었는지 증언한다면 어떻겠소? 아마 그것은 연합군 전체에 영향을 미칠 것이오. 특히 심리적인 타격을 주겠지. 그로 인해 연합군의 하늘을 찌르던 사기가 저하될 것은 당연하고."

"거기에 더해 연합군에 속한 다른 소드마스터들도 긴장하게 될 겁니다. 아즈라에 소드마스터의 수가 늘어난 것이니. 그들의 계획은 틀어지게 될 것이고, 소비하는 시간은 더욱 늘어나겠지요."

바우어 자작은 이후에 벌어질 상황이 연신 머릿속에 그려졌다. 상상만으로도 즐거운 일이었기 때문이다.

'허허, 이런.'

하지만 그러다 갑자기 그가 허탈한 웃음을 지었다.

자작은 자신이 너무 흥분했다는 걸 깨달았다. 그레이너의 이야기에 빠져 가설을 진짜처럼 여기고 대화를 이어간 것이다.

그는 고개를 흔들었다. 흥미로운 이야기였지만 그래도 가설은 가설이었다. 지금 상황에서 네바로 왕국 침공의 가장 유력한 것은 이유는 국경 문제였고, 그는 그것이 진짜 이유라 여기고 있었다. 때문에 그레이너의 가설은 받아들일 수 없었다.

당연히 그렇다고 자신의 생각을 강요할 그가 아니었다.

아니, 강요할 수가 없었다.

그는 자신이 함부로 할 수 없는 소드마스터이니.

"알겠습니다. 로건 님의 생각이 그러하고, 그런 의도 때문에 밀렘 후작을 살려 보냈다는 걸. 지금 상황에 어떤 것이 정답인지 알 수 없으니 지켜보도록 하지요. 아마 시일이 좀 지나면 알 수 있을 겁니다."

그 말에 그레이너가 고개를 저었다.

"아니, 그럴 필요 없소. 잠시 후면 누구의 말이 맞는지 알 수 있을 테니."

"잠시 후?"

자작의 표정이 의아하게 변했다. 잠시 후라는 건 곧 알 수 있다는 뜻 아닌가.

웅성웅성.

다른 이들도 의문스럽긴 마찬가지였다. 정보를 알아낼 길이 없는 이런 상황에 어찌 그것을 알아낸단 말인가. 모두 의아할 뿐이었다.

그런데 그레이너가 그렇게 말하고 얼마 안 있어 어떤 이들이 찾아왔다.

"대장님, 방문을 요청하는 자들이 있습니다."

문밖에서 보초를 서던 기사가 들어오더니 그런 말을 전했다.

그에 자작이 말했다.

"방문? 그들이 누군가?"

"자경단의 단원들입니다. 로건 님께 보고할 것이 있다고 합니다."

보고라는 말에 자작의 시선이 그레이너를 향했다. 잠시 후면 알 수 있다고 했던 말이 아무래도 이것인 듯했다.

"들여보내게."

"예."

기사는 다시 나갔고 이윽고 세 명의 남자가 들어왔다. 그들은 바로 자경단 궁수대 소속인 보겔과 커크, 리치슨이었다.

"헉!"

"우웃!"

세 명은 안으로 들어서자마자 헛바람을 집어삼켰다.

전투작전실에 있는 모든 이의 시선이 자신들에 꽂혀 있는 것을 확인했기 때문이다.

이 자리에 있는 자들 중 자신들보다 낮은 사람은 아무도 없었기에 그들은 긴장할 수밖에 없었다.

결국 그들은 급히 작전실 안을 훑어봤다. 지금 상황을 벗어나기 위해선 빨리 한 사람을 찾아야 했기 때문이다.

그 사람은 어렵지 않게 금방 찾을 수 있었다.

"로, 로건 님!"

그들은 그레이너를 발견하자 살았다는 표정으로 다가갔다. 이중에서 아는 사람은 그레이너가 유일했고 그를 만나기 위해 이곳에 왔기 때문이다.

세 명은 옆에 서더니 즉시 허리를 숙였다.

그에 그레이너가 고개를 끄덕이며 물었다.

"어떻게 됐느냐?"

대답은 보겔이 했다.

"로건 님의 명령대로 몰래 숨어서 확인을 했습니다. 세 기의 기마가 네바로 진영에서 급하게 빠져나갔습니다. 어두워 제대로 확인할 순 없었지만 깃발을 메고 있는 것은 두 눈으로 똑똑히 봤습니다. 그들은 모두 다른 방향으로 움직였습니다."

"다른 방향?"

보겔의 대답에 의문을 던진 건 바우어 자작이었다.

그는 보겔의 보고에 놀란 얼굴을 하고 있었다.

“지, 지금 뭐라고 그랬나? 세 기의 전령이 네바로 진영을 떠났는데 모두 다른 방향이라고?”

“예? 아, 아니 전령인지는 저도 잘… 밤이라 깃발 멘 것만 알 수 있었고 전부 다른 방향으로 간 것은 확실합니다. 저희가 끝까지 지켜봤습니다.”

보겔은 높은 지위로 보이는 자작의 물음에 더듬더듬 대답했다.

자작은 보겔의 그런 모습에 전혀 신경 쓰지 않고 굳은 표정을 하고 있었다.

어두운 밤, 기마가 깃발을 메고 급히 빠져나갔다면 전령이 확실했다.

충분히 그럴 만한 상황이었다.

밀렘 후작이 부상을 당한 것도 있지만, 소드마스터가 나타났으니 그것을 알려야 하는 것이다.

그 역시 전령이 떠날 것이란 건 충분히 짐작했다.

그런데 그 수가 문제였다.

세 기.

그의 생각이 맞다면 네바로 진영에서 떠나야 할 전령의 수는 한 기였다.

한데 세 기가 떠나다니, 그것도 각각 다른 방향으로.

그것은 한 가지를 의미하는 것이었다.

바로 그레이너의 가설이 사실이라는 것.

바우어 자작의 시선이 그레이너를 향했다.

자작을 바라보고 있던 그레이너가 고개를 끄덕였다.

"맞소. 서국 연합이 아즈라를 공격한 것이오. 지금 아즈라엔 네바로군뿐만 아니라 다른 나라의 군대도 있는 상황인 것이오."

"……!"

자작의 눈이 커졌다.

가설로만 생각했던 최악의 수이자 말도 안 되는 상황이 진짜인 것이다.

"그런!"

당연히 다른 이들도 경악을 감추지 못했다.

어떤 상황인지 모르고 보고하러 왔던 보겔 등은 아예 충격을 먹어 멍한 얼굴을 할 정도였다.

그런데 놀란 감정을 보이던 자작의 표정이 갑자기 변했다.

"세 기라고 하지 않았습니까. 한 기는 네바로 본국, 또 한 기는 로카 왕국. 그렇다면 나머지 한 기는 어디를 가는 겁니까? 설마 네바로 왕국과 로카 왕국 말고는 또 한 나라가 더 있다는 말입니까?"

자작의 물음에 다른 이들도 똑같이 의문을 보였다.

아까 이야기를 나눌 때도 이야기했지만 아즈라는 서국 연합의 국가 중 네바로, 로카 두 나라와만 국경을 마주하고 있었다.

그런데 어찌 한 나라가 더 존재할 수 있단 말인가.

당연히 의문이 들 수밖에 없었다.

척.

그에 그레이너가 포이즌 우드 대륙 지도의 한 나라를 손가락으로 찍었다.

해답을 알기 위해 사람들의 시선이 그레이너의 손가락 끝에 몰렸다.

네바로 왕국과 로카 왕국, 두 나라의 후방에 위치한 가장 큰 땅덩어리를 가진 국가.

그 나라가 어딘지를 알자 사람들의 눈이 찢어질 듯 커졌다.

그리고 이내 그레이너의 입에서 그 나라의 이름이 나왔다.

"바로 노미디스 제국이오."

CHAPTER **05**

노미디스 제국군의 결정

아즈라 왕국을 침략한 노미디스 제국의 군대는 거침이 없었다.

노미디스군은 브로우드 국경의 아즈라 국경 수비대를 처리하자마자 바로 다음 대상인 크로프 영지의 크라비츠 성으로 진군했다.

노미디스 제국의 침략 사실을 전혀 알지 못했던 크로프 영지는 별다른 저항도 제대로 하지 못하고 성문을 내줘야 했고 단 닷새 만에 함락을 당하고 말았다.

전체적으로 보면 굉장히 짧은 시간이었지만 노미디스군은 만족스럽지 못했다. 본래 예상은 공격 당일 전투를 끝낼 생각이었기 때문이다.

예상보다 시간이 걸린 이유는 크로프 영지의 영주인 코엔 자작 때문이었다.

외성이 순식간에 함락되자 자작이 영지민과 병력을 내성으로 대피케 한 후 끈질기게 농성한 것이다.

수도에 소식을 전하기 위해 떠났던 파발 기사 웨일은 아즈라 왕성에서 보고를 할 때 자신이 떠난 후 얼마 버티지 못했을 것처럼 이야기를 했는데, 사실은 무려 나흘을 더 버텼던 것이다.

이후 내성이 함락됐을 때 코엔 자작은 시간을 끈 대가로 가장 잔인하고 고통스런 죽음을 맞이해야 했다.

크라비츠 성을 점령하자마자 노미디스군은 다음 날 바로 다음 영지를 향해 떠났다.

그들은 빠른 시간 안에 아즈라의 수도 솔라즈까지 쳐들어갈 계획이었기에 쓸데없이 시간을 허비하지 않았다.

며칠 후 도착한 영지는 월러드.

월러드 영지는 홈즈 남작이 영주로 있었는데, 그는 코엔 자작에 비해 너무 능력이 떨어지는 자였다.

게다가 겁도 많아 공격이 시작되기도 전, 노미디스군에 항복 의사를 전했다.

남작은 귀족이란 신분을 믿고 항복을 했지만 당연히 그것은 엄청난 오판이 아닐 수 없었다.

성문을 열자마자 가장 먼저 그의 목이 떨어져 나갔고 영지는 처참한 학살의 장이 펼쳐졌기 때문이다.

윌러드 영지를 쉽게 점령하기는 했지만 거듭된 진군으로 노미디스군엔 피로가 쌓였고 결국 총사령관은 이틀간 휴식을 취하기로 결정했다.

이틀의 시간이 지나는 건 그야말로 순식간.

날이 밝자마자 노미디스군은 출정을 준비했다.

하지만 예정대로 그들은 떠날 수 없었다.

떠나기 바로 직전, 네바로군의 전령이 도착했기 때문이다.

*　　　*　　　*

"소드마스터?"

얼마 전까지 홈즈 남작의 집무실이었던 곳에 지금은 낯선 이들이 자리를 하고 있었다.

바로 노미디스 제국군의 귀족들.

집무실에는 여러 명이 있었는데, 그중 두 사람이 가장 눈에 띄었다.

가장 나이가 많아 보이는 한 명의 노인과 마주 앉아 있는 중년인.

노인이 여기 있는 자들 중 가장 지위가 높아 보였는데 중년인도 그에 못지않아 보였다.

모두 서 있는데 반해 오직 그 중년인만이 노인과 마찬가지로 의자에 앉아 있었기 때문이다.

물음을 던진 것은 중년인이었다. 그가 인상을 찌푸리며 다시 말했다.

"카렐, 내가 잘못 들었나? 자네가 방금 소드마스터라고 한 것 같은데."

중년인의 시선은 옆에 서 있는 남자를 향해 있었다.

남자는 대머리에 통통한 몸매를 가지고 있었는데 손에 두루마리를 들고 있었다. 그의 옆에 네바로의 전령으로 보이는 병사가 무릎을 꿇고 있는 것으로 보아 서신을 읽고 있는 중인 듯했다.

"잘못 듣지 않으셨습니다. 네바로군이 공격했던 라티고 영지에 소드마스터가 있었고, 그자와 전투를 벌이던 밀렘 후작이 큰 부상을 당했다고 합니다."

"허!"

중년인이 어이없는 외침을 내뱉었다. 그는 한쪽 눈을 치켜올리더니 말했다.

"정보부가 분명 아즈라의 모든 소드마스터는 수도에 있다고 했는데, 그럼 그 정보가 잘못됐었다는 말인가? 이런 중요한 일을 제대로 알아보지도 않고 보고를 하다니, 정보부가 많이 해이해졌나 보군."

그는 그러며 한쪽에 서 있는 어떤 남자를 바라봤다.

그 시선에 남자는 마른침을 삼키며 긴장한 모습을 보였다. 아마도 그자가 정보부 소속인 듯했다.

중년인은 다시 카렐이란 자에게 물었다.

"그 소드마스터가 누구지? 아비게일 후작? 아니면 오그레이? 설마 리프나이더는 아니겠지?"

"정보부가 몰랐던 건 당연합니다. 왜냐하면 놀랍게도 세 명 다 아니까요."

"그들 세 명이 아니라고? 그럼 말이 안 되잖아. 아즈라의 소드마스터는 세 명인데 그들이 아니라면… 뭐야, 혹시?"

중년인의 시선이 가늘어졌다.

중년인이 생각한 것이 맞다는 듯 카렐이 고개를 끄덕였다.

"전혀 알려지지 않았던 새로운 자입니다."

"……!"

중년인의 눈이 커졌다.

노미디스의 지휘관들도 놀란 모습을 감추지 못했다.

별다른 관심을 보이지 않던 노인조차도 카렐을 향해 고개를 돌릴 정도였다.

"새로운 자라고? 허, 놀랍군. 이 조그만 나라에 세 명도 모자라 한 명이 더 늘었다는 것인가?"

중년인의 표정엔 남아 있던 약간의 장난기마저 완전히 사라져 있었다. 그는 약간 짜증이 난 듯했다.

적인 입장에선 중년인의 심정은 충분히 이해할 만한 것이다.

아즈라 왕국은 포이즌 우드 대륙에서 가장 작은 나라였다. 그런 만큼 누구든 우습게 여길 수 있었다.

하지만 그런 나라는 몇 되지 않았다.

왜냐하면 두 가지 이유가 아즈라를 우습게보지 못하게 만들었기 때문이다.

그 두 가지는 바로 상업과 소드마스터였다.

아즈라는 땅덩어리는 작으면서 소드마스터의 수가 세 명이나 되었다. 기사의 서열 7위인 리프나이더 후작, 10위인 오그레이 후작, 16위인 아비게일 후작.

이것은 엄청나게 많은 것으로 나라의 규모는 꼴찌일지 몰라도 소드마스터 수에 있어서는 무려 3위였다. 각각 다섯 명의 소드마스터를 보유한 시어스, 노미디스 두 제국을 제외하면 아즈라 왕국보다 많은 소드마스터를 보유한 나라가 없는 것이다.

그런 상황에 중년인은 아즈라에 새로운 소드마스터가 등장했다는 소식을 들은 것이고 당연히 그것은 짜증이 날 만한 것이 아닐 수 없었다.

이것으로 아즈라의 소드마스터는 네 명이 되는 것이기 때문이다.

"어이가 없군. 우리 노미디스 제국이 다섯 명인데 아즈라가 네 명이라니."

중년인과 비슷한 감정을 느끼는지 노미디스의 지휘관들도

짜증 섞인 황당함을 드러냈다.

그런 까닭에 카렐은 서신 읽는 것을 멈춰야 했다.

그때였다.

"계속하도록."

노인이 처음으로 입을 열었다.

노인의 말에 카렐이 급히 고개를 숙였다.

"예, 알겠습니다. 그자의 이름은 로건이고 나이는 삼십대 초반밖에 되지 않았답니다."

그 말에 집무실의 분위기가 또 변했다.

하지만 말을 꺼내는 자는 없었다. 그랬다가는 노인의 기분을 거슬리게 할 수 있기 때문이다.

"네바로군의 진군 초기부터 방해를 한 자로 처음엔 소드마스터인 줄 몰랐다고 합니다. 사냥꾼으로 정체를 숨겼다고 하는군요. 그러다 침투 작전이 있었고 거기에 밀렘 후작이 직접 나섰는데 거기서 소드마스터임을 드러냈다고 써 있군요. 그리고……."

순간 카렐이 말을 멈췄다.

그에 중년인이 인상을 찌푸리더니 말했다.

"그리고 뭐?"

카렐은 서신에서 고개를 떼더니 노인과 중년인을 바라봤다.

"격렬한 전투 끝에 밀렘 후작의 왼팔이 잘리며 패했다고 합니다. 후작은 겨우 성을 빠져나와 목숨은 건졌지만 현재 부상이 심하다고 써 있습니다."

"……."

밀렘 후작은 오십대 초반이었다. 그런 그가 약 스무 살이나 어린 자에게 그냥 패한 것도 아니고 왼팔이 잘리다니. 사실임에도 믿겨지지 않는 이야기였다.

중년인의 시선이 노인을 향했다. 그가 물었다.

"밀렘 후작은 기사의 서열 19위입니다. 후작이 패했다는 건 그 이상의 실력을 가졌다는 뜻이 된다는 건데, 어떻게 보십니까?"

"뭘 말인가?"

"그자의 실력 말입니다. 어느 정도로 짐작되시는지 물어보는 겁니다."

"소드마스터의 팔은 누구든 자를 수 있네. 밀렘 후작이라고 다를 것 없지. 나도 가능하고 자네도 가능하고, 전쟁 중엔 일개 병사도 가능하지. 그러니 실제로 전투 장면을 보지 못한 이상 어찌 실력을 가늠하겠는가."

"후작님께서 그런 말씀을 하시다니, 상대의 실력이 괜찮다 여기시는가 보군요."

"자네라면 삼십대 초반의 시절에 지금의 밀렘 후작을 이길 수 있겠는가?"

중년인은 고민도 없이 즉시 대답했다.

"당연히 불가능합니다. 그땐 촉망받는 소드마스터 후보 중 하나였을 뿐이니까요. 하지만 지금은 가능하지요. 제가 괜히 기사의 서열 17위인 게 아니니 말입니다."

기사의 서열 17위.

중년인의 정체는 바로 노미디스 제국의 소드마스터 코랄 후작이었다.

코랄 후작은 노미디스 제국의 소드마스터 중 네 번째 실력자로 기사의 서열은 중하위권이지만 굉장한 실력을 가지고 있었다.

그럼 그런 그가 조심스럽게 대하는 노인은 누구일까.

그 의문에 대한 답은 코랄 후작의 다음 말에서 알 수 있었다.

"뭐, 그래도 솔타나 후작님 앞에선 고개도 들지 못하지요. 저조차도 까마득한 분이시니."

솔타나 후작.

노미디스 제국의 또 다른 소드마스터이자 기사의 서열이 무려 4위인 강자 중의 강자였다.

이번 전쟁에 코랄 후작과 함께 동원된 솔타나 후작은 군의 총사령관까지 맡고 있었다.

"그나저나 그럼 어떻게 해야 될까요? 후방에 소드마스터가 있다면 우리까지 섣불리 움직이기 힘들어지지 않습니까?"

솔타나 후작은 고개를 끄덕였다.

"분명 우리에 대한 소식이 아즈라의 수도 솔라즈에 전해졌을 것이고, 얼마 뒤면 소드마스터들이 출동할 거네. 그런 상황에 뒤에 소드마스터가 있다면 자칫 앞뒤로 공격을 받는 형세가 될 수 도 있지. 당연히 쉽사리 움직이기 힘들어졌어."

솔타나 후작의 시선이 네바로 전령에게 향했다.

"네바로 본국에 서신을 띄었느냐?"

그에 전령이 긴장한 목소리로 대답했다.

"그, 그렇습니다. 본국에도 소식을 전하기 위해 급히 파발을 보냈습니다."

코랄 후작이 말했다.

"그럼 네바로에서 조치를 취하겠군요."

"자신들이 맡은 구역에서 벌어진 일이니 그에 해당하는 해결책을 쓰겠지."

"어윈 후작을 보낼까요?"

어윈 후작은 네바로 왕국의 또 다른 소드마스터로 기사의 서열 8위에 해당하는 실력자였다. 10위권 안에 드는 만큼 대단한 실력을 가지고 있었다.

"어떤 방법을 쓸지는 네바로가 결정을 하겠지. 하지만 소드마스터에 대한 문제를 해결하려면……."

솔타나 후작이 코랄 후작을 바라봤다.

코랄 후작이 미소를 지었다. 나머지 말은 그가 마무리했다.

"소드마스터가 필요하지요."

솔타나 후작은 고개를 끄덕였다.

"며칠 안에 어떻게 할 것인지 소식을 전해 오겠지. 그때까지만 기다려 보세."

"그러지요. 너무 앞서 나가면 그것 또한 손해니까요."

다른 나라보다 앞서 가면 결국 가장 먼저 목표가 되어 아즈라와 싸워야 했다.

당연히 그것은 해당 국가에겐 손해였고 솔타나 후작이나 코랄 후작은 전혀 그럴 생각이 없었다.

그렇게 노미디스군은 다음 소식을 기다리려 했고 다음 날 밤 바로 또 다른 전령이 도착했다.

하지만 전령이 전한 소식은 그들이 예상했던 것이 아니었다.

"쿠건 백작이 죽었습니다."

잠자리에 들었던 솔타나 후작과 코랄 후작 등은 군사장 카렐의 급한 소집에 짜증 섞인 표정으로 집무실에 모였다.

그런데 그 표정이 변하는 건 순식간이었다.

모두 모이자마자 카렐이 쿠건 백작이 죽었다는 말을 꺼냈기 때문이다.

코랄 후작이 인상을 찌푸리며 물었다.

"쿠건 백작? 그자는 네바로군 총사령관 아닌가?"

"맞습니다. 방금 네바로군의 전령이 도착했는데, 서신에 의하면 그가 어제 죽었다고 합니다."

"아니 그런……!"

"그럴 수가!"

노미디스군의 지휘관들은 놀란 모습을 감추지 못했다. 다른 사람도 아닌 동맹군의 총사령관이 죽었으니 놀라지 않을 수 없는 것이다.

가만히 있던 솔타나 후작이 입을 열었다.

"어떻게 된 건가?"

"서신에 의하면 밀렘 후작이 당한 그날 아침, 쿠건 백작이 공격을 시작했다고 합니다. 밀렘 후작이 부상을 입어 사기에 영향이 미쳤지만 공격 명령을 내렸다는군요."

"긴장이 풀린 틈을 노렸군. 비톤 성의 병력은 밀렘 후작이 당한데다 자신들에게 소드마스터가 있다는 사실 때문에 네바로군이 공격하지 않을 거라 여겼을 텐데. 역으로 그걸 노려 공격하다니 네바로 왕국에서 명장이라 불릴 만하군. 그런데?"

"그런데 놀랍게도 비톤 성은 그걸 이미 예상하고 있었던 모양입니다. 네바로군이 공격을 시작하자마자 로건이란 그 소드마스터가 뛰쳐나와 반격을 시작했답니다."

코랄 후작의 표정이 달라졌다.

"뛰쳐나왔다고?"

"그렇습니다. 기사들을 이끌고 네바로군을 공격했다고 합니다."

"미쳤군. 아무리 소드마스터라도 수만이나 되는 대군에게 달려들다니. 쿠건 백작에게 기회였겠군. 소드마스터를 처리할 수 있는 기회."

"한데 그게 미친 짓이 아니었던 것 같습니다. 말씀대로 그걸 보자마자 쿠건 백작이 기사들을 동원시켰지만 백여 명 정도가 당하는 동안 상처 하나 입히지 못했답니다. 익스퍼트 급 기사들을 동원했는데도 말이지요."

"……."

솔타나 후작과 코랄 후작의 눈이 가늘어졌다.

소드마스터가 엄청난 능력자이긴 하나 무적은 아니었다. 익스퍼트 급 기사 백여 명을 상대하면서 상처 하나 입지 않았다는 건 두 후작이 보기에도 심상치 않은 것이 아닐 수 없었다.

"문제는 뒤에 가서 벌어졌습니다. 쿠건 백작은 로건이란 자를 처리하기 위해 더 많은 기사들에게 공격 명령을 내렸습니다. 그로 인해 자신의 호위 병력이 줄어드는 걸 생각지 못했지요."

그 말에 사람들의 표정이 변했다.

"설마?"

"그렇습니다. 기사들을 상대하던 아즈라 왕국의 소드마스터가 갑자기 목표 대상을 바꾼 겁니다. 바로 쿠건 백작으로."

"음……."

"갑작스런 행동에 네바로군의 전 병력이 당황했고 기사, 마법사, 병사할 것 없이 막기 위해 달려들었답니다. 하지만 아무도 막지 못했고 결국 쿠건 백작의 심장에 검이 꽂혔다고 하는군요."

"……."

집무실이 조용해졌다.

대군 사이로 뛰어들어 우두머리를 처리한다.

그야말로 기사들에겐 꿈같은 이야기였다.

하지만 꿈은 꿈일 뿐, 그 누구도 그게 가능하다고 생각하는 사람은 없었다.

그런데 그런 일이 실제로 벌어졌다.

절대 불가능하다 여기는 일이 정말 벌어진 것이다.

솔타나 후작과 코랄 후작은 자신들도 모르게 생각해 봤다. 자신들 역시 그런 상황이라면 가능한지.

마음속으로 자신이 있었다. 하지만 가능성 여부에 대해선 확신할 수 없었다. 이건 그 정도로 엄청난 일인 것이다.

카렐이 다시 입을 열었다.

"제가 보기엔 로건, 이자는 이미 이렇게 할 생각으로 움직인 것 같습니다. 그렇기 때문에 순식간에 그런 결단을 내린 것이지요."

솔타나 후작이 물었다.

"그 이후에 어떻게 됐다고 그러나?"

"분노한 네바로 병력이 그를 죽이려 했지만 유유히 빠져나갔다고 합니다. 총사령관을 잃은 네바로군은 혼란에 빠졌고 급격히 사기가 떨어졌다는군요. 때문에 비톤 성에 대한 공격은 더 이상 하지 못하고 있답니다."

"……."

이것은 상당한 문제라 볼 수 있었다. 네바로가 발목이 잡혀버렸기 때문이다.

이렇게 되면 노미디스 제국과 로칸 왕국까지 진군하기가 어려워진다.

잘못하면 퇴로가 막히는 것은 물론 둘러싸여 오도 가도 못하는 상황이 발생할 수 있었다.

그때 코랄 후작이 말했다.

"아즈라 왕국에 무서운 인물이 잠자고 있었군요. 이런 자가 나타날 줄이야. 그것도 하필이면 이런 상황에."

솔타나 후작에게 한 말이었지만 모두가 동감했다. 단 두 번의 서신으로만 들은 것이지만, 심상치 않은 실력을 가졌다는 걸 모두 알 수 있었다.

코랄 후작의 시선이 솔타나 후작을 향했다.

"어떻게 하시겠습니까? 제가 봤을 땐 네바로 왕국에게만 맡길 일이 아니게 된 듯한데요. 우리가 도와야 하지 않을까요?"

솔타나 후작이 잠시 생각하더니 고개를 끄덕였다.

"그래야 할 것 같군. 자네와 나 둘 중 한 명이 가야 할 것 같군."

코랄 후작이 기다렸다는 듯 대답했다.

"당연히 제가 가야지요. 총사령관이 움직일 순 없지 않습니까?"

모습을 보아하니 지원도 지원이지만, 그레이너를 상대해 보고 싶은 모양이었다.

솔타나 후작은 대답 대신 그를 바라봤다.

그 시선에 코랄 후작이 물었다.

"제가 그자의 상대가 되지 못할 것 같습니까?"

"솔직히 말하자면… 그렇네."

솔타나 후작의 대답에 다른 이들의 눈이 커졌다. 설마 직접적으로 그런 대답을 할 줄은 생각도 못한 것이다.

하지만 당사자인 코랄 후작은 의외로 담담했다. 그는 미소를 지으며 고개를 끄덕였다.

"그렇게 생각하실 것 같았습니다. 기사의 서열에서 저와 두 단계밖에 차이나지 않는 밀렘 후작이 당했으니 충분히 그렇게 여기실 만하지요."

“그것뿐만이 아니네. 알다시피 우린 기사의 서열에 존재하는 모든 소드마스터에 대해 대략적으로 알고 있네. 어떤 검술을 사용하는지, 특기가 무엇인지, 단점이 될 만한 건 뭔지 말이야. 하지만 이자에 대한 정보는 아무것도 없네. 그야말로 베일에 싸인 인물이지. 밀렘 후작이 당한 것도 일정 부분 거기에 기인할 거라 보네.”

충분히 가능한 이야기였다. 상대를 아는 것과 모르는 것은 큰 차이가 있으니.

“그리고 왠지 느낌이 좋지 않네. 갑자기 이런 자가 나타난 게 뭔가 석연치 않아. 일이 좋지 않은 방향으로 흘러가지 않을까 싶은 기분이 드네.”

“좋게 흘러가던 분위기에 찬물을 끼얹은 격이니 그런 느낌이 들겠지요. 그리고 전쟁 아닙니까. 우리가 원하는 대로만 상황이 흘러가진 않겠지요. 전쟁이란 괴물에게 돌발 상황은 언제나 따라다니는 거니까요.”

코랄 후작의 눈빛이 차갑게 빛났다.

“저를 믿어보시지요. 장담하는데, 아마 실망시켜 드리진 않을 겁니다.”

그는 담담하게 말했지만 깊숙한 곳에서 자신감이 우러나왔다.

솔타나 후작은 그것을 느꼈는지 잠시 코랄 후작을 바라보다가 이내 고개를 끄덕였다.

"알겠네. 그럼 자네에게 맡기도록 하지."

"감사합니다."

코랄 후작은 만족스런 미소를 지었다.

후작이 이렇게 만족하는 것은 네바로군을 돕는 이유보다는 자신에게 있었다.

강자와의 전투는 더 높은 경지의 실마리를 찾은 돌파구가 될 수 있었다.

그런 의미에서 일정한 경지에 들어선 이후 발전이 없던 후작에게 이것은 기회나 마찬가지였고 그래서 일부러 나선 것이었다.

결국 일은 그렇게 그가 원하는 대로 결정되었고, 후작은 그레이너와의 대결을 기대했다.

코랄 후작의 네바로군 지원이 결정되자 일은 빠르게 진행되었다.

네바로군이 필요한 것은 병력이 아닌 소드마스터의 존재였기에 후작은 소수의 기사들만 동행하기로 했다. 그 사실을 네바로 전령을 되돌려 보내 알리게 했다. 더불어 노미디스 제국에도 상황을 보고하는 것을 잊지 않았다.

결국 날이 밝자마자 코랄 후작은 네바로 진영을 향해 떠났다.

떠나는 코랄 후작의 얼굴엔 기대감이 가득했다.

하지만 그는 몰랐다.

그곳에서 벌어질 일은 그가 예상했던 것과 전혀 다른 방향으로 갈 것이란 걸.

그리고 노미디스 제국군이 지원군을 보내는 그때.

아즈라의 수도 솔라즈에서도 병력이 나서고 있었다.

CHAPTER 06

로건을 찾아온 손님

"접니다."

시어스 제국의 수도 아라벨라.

그곳에 위치한 예의 의문의 대저택 정원에 중년인이 들어서고 있었다.

중년인의 정체는 안드레아 황녀의 수행원인 로스코가 보고를 올리던 그자.

중년인은 누군가를 향해 다가갔다.

바로 언제나 그가 공손해 마지않는 그 노인이었다.

노인은 정원에 앉아 명상하듯 눈을 감고 있었는데, 중년인이 말을 걸었음에도 별다른 변화를 보이지 않았다.

중년인은 그것에 신경 쓰지 않고 말했다.
“브로디에게 연락이 왔습니다.”
그 말에 감겨 있던 노인의 눈이 천천히 떠졌다.
“무슨 일이냐?”
“계획에 차질이 생긴 듯합니다. 네바로군 쪽에 문제가 발생했습니다.”
스윽.
그러자 노인의 고개가 중년인을 향해 돌아갔다.
“말해 보거라.”
“네바로군이 라티고 영지의 비톤 성에 발목을 잡히고 말았답니다.”
“라티고 영지?”
“예, 코스로브 국경 지역의 첫 번째 영지입니다. 예상치 못하게 그곳에 소드마스터가 존재했다고 합니다.”
“……!”
노인의 눈썹이 살짝 꿈틀거렸다.
“자세히 이야기해 보거라.”
“브로디의 보고에 따르면 그 소드마스터에 의해 네바로군은 처음부터 작전이 틀어졌다고 합니다. 밀렘 후작의 계획을 시작으로…….”
중년인은 네바로군의 침투 시작부터 해서 코스로브 국경 지역과 비톤 성까지 있었던 일이 차례차례 이야기했다. 마치 세세하게 들여다본 사람처럼 브로디라는 자가 보내온 보고서는 굉장히 자세하고 구체적이었다.

"…해서 밀렘 후작은 왼팔이 잘리며 도망을 쳤고, 그 사건 이후 네바로 왕국군은 본국과 노미디스 제국군, 로카 왕국군에 전령을 보냈다고 합니다. 여기까지가 현재의 상황이라고 하는군요."

"음……."

브로디의 보고서에 쿠건 백작이 죽은 이야기는 없었다. 아마도 그전에 서신을 보낸 듯했다.

노인은 천천히 팔짱을 꼈다. 그러더니 말했다.

"아즈라의 새로운 소드마스터라……. 참으로 시기적절한 때에 나타났구먼."

"예, 그것이 우리의 계획에 차질을 만들 것으로 보입니다. 밀렘 후작이 당했으니 네바로 왕국군은 쉽사리 비톤 성을 함락시키지 못할 것이고, 때문에 상당히 시간을 지체할 것 같습니다. 가장 중요한 건 소식을 접한 노미디스 제국군과 로카 왕국군이 진군을 멈출 거라는 것이지요."

"빠른 시간 안에 아즈라 왕국이 몰락해야 하는 상황에 먹구름이 끼었군."

"한데 여기에 더해 또 다른 소식이 있습니다."

"또 다른 소식? 말해보거라."

"아즈라의 수도 솔라즈에서 병력이 출발했습니다. 서국 연합의 연합군에 대항하기 위해 소드마스터들이 나섰고 얼마 안 가 각각 방어선에 합류하게 될 듯합니다."

"예상한 상황이지만 안 좋은 타이밍이군. 네바로 쪽으로 가는 소드마스터가 누구냐?"

"아비게일 후작입니다. 그녀가 밀렘 후작을 맡기 위해 네바로 쪽으로 갔고, 나머지 리프나이더 후작은 노미디스 제국, 오그레이 후작은 로카 왕국을 각각 상대하기 위해 출발했다고 합니다."

"기사의 서열로 정했나 보군. 아즈라 왕국의 소드마스터 중 가장 실력이 낮은 그녀가 네바로군을 맡은 걸 보면."

"밀렘 후작이 19위니 16위인 아비게일 후작이면 충분히 가능하다 여겼겠지요. 저희가 알기로도 그녀만으로 상대 가능하고요."

"하지만 그 덕분에 일은 더욱 어려워지겠군. 새로운 소드마스터와 합류할 테니."

"예, 그럼 밀렘 후작은 전혀 힘을 쓰지 못할 것이고, 당연히 네바로 왕국군은 자신들이 맡은 지역을 함락하지 못하게 될 겁니다."

"……."

"어떻게 하실 건지요?"

중년인의 물음에 노인은 가만히 오른손으로 자신의 턱을 괴었다. 그러더니 말했다.

"텁도 움직이라 하거라."
중년인의 눈빛이 변했다.
"텁까지 말입니까?"
"그래. 계획대로 브로디 혼자 가능할 수도 있겠지만 확실한 게 좋으니, 텁도 도우라 이르거라."
"그럼 텁의 목표는 로건이란 자입니까?"
"브로디가 아비게일을 처리하기로 되어 있으니 그리하면 되겠지."
"알겠습니다. 그리 이르도록 하겠습니다."
"음."
노인이 고개를 끄덕이자 중년인은 인사를 했고 이내 그 자리를 떠났다.
노인은 다시 눈을 감았고 명상에 들어갔다.
그렇게 대저택은 다시 정적에 휩싸였다.

*　　*　　*

노미디스 제국 등의 침략 사실을 안 이후 아즈라의 수도 솔라즈에선 대책을 세우기 위해 며칠 동안 밤샘 회의를 이어갔다.
일은 일사천리로 진행되었다.
현재 아즈라의 군 세력은 정계와 마찬가지로 나눠져 있

었다.

일왕자파, 이왕자파, 중립파 이 세 곳으로.

세 나라가 침공해 온 만큼 세 파가 한 나라씩을 맡기로 했고 각각 원했던 대로 파견이 되었다.

리프나이더 후작이 속한 일왕자파 병력은 노미디스 제국군을, 오그레이 후작이 속한 이왕자파 병력은 로카 왕국군을, 그리고 마지막으로 아비게일 후작의 중립파 병력은 네바로 왕국군을 상대하기로.

결정이 되자마자 세 소드마스터가 속한 각 파벌의 병력은 출정 준비를 했고, 아즈라 백성의 바람과 환송 속에 전장을 향해 떠났다.

군대가 출정하고 나자 아즈라는 동맹국들의 파병 소식을 기다렸다.

하지만 웬일인지 지원을 알려야 할 사신들이 돌아오지 않았다. 돌아올 때가 되었음에도 아직 어느 사신도 오지 않고 있는 것이다.

아즈라는 몰랐다.

동국 연합의 모든 나라가 서국 연합의 제안에 연일 회의를 벌이고 있음을.

또 그 핑계로 시간을 끌고 있다는 걸.

황자와 왕자들의 사망 사건을 빌미로 인해 동국 연합의 나라들은 결정을 내리지 못했고, 아울러 아즈라 영토에 대한 욕

심도 그들을 망설이게 만들었다.

때문에 아즈라의 사신들은 마음이 급함에도 어찌할 바를 몰라 했고, 정확한 이유조차도 알지 못했다. 그들에게 가는 정보는 제한적이었기에 지원에 의한 회의로 인해 시간이 지체되는 것으로만 알고 있었다.

그렇게 아즈라 왕국만이 정확한 사정도 모른 채 동국 연합의 지원을 기다렸고, 그런 와중 솔라즈 내에선 모략의 기운이 풍겨 나오기 시작했다.

* * *

"드디어 연락이 왔습니다."

이왕자의 거처인 바람 별궁.

델핀 이왕자와 마주 앉은 참모 딜란이 눈을 빛내며 말했다.

그 말에 이왕자의 시선이 가늘어졌다.

"뭐라고 하더냐?"

"의뢰를 맡겠답니다."

"훗, 역시."

이왕자의 입가에 미소가 지어졌다. 그는 마음에 든다는 듯 고개를 끄덕였다.

"그럴 줄 알았다. 아무리 부담된다지만 그 정도 돈을 마다할 놈들이 아니지."

이왕자와 참모 딜란, 이들은 지금 무슨 이야기를 하고 있는 것일까.

사정은 이러했다.

이왕자는 서국 연합의 침공 소식을 듣자마자 좋은 생각이 떠올랐다.

바로 지금 이 위기를 이용하자는 것이었다.

서국 연합 세 나라의 침공이 이후 어떤 상황을 불러일으킬 줄은 바보가 아니라도 알았다. 침공을 막기 위해 군대가 출동할 것이고, 동국 연합 각 나라에 지원을 요청할 것이었다. 그 동안 수도 솔라즈는 긴장된 분위기 속에 어수선할 것이고, 모두의 시선은 전장으로 몰릴 것이 뻔했다.

시간이 흐르고 나타나는 상황은 그의 예상대로였다.

왕실 회의를 통해 군대가 출정했고 도움을 요청하기 위해 동국 연합의 각 나라에 사신들이 달려갔다.

그동안 이왕자는 행동에 들어갔다.

일을 맡길 자들을 수소문했고, 그들을 찾자 청부를 요청했다.

청부는 쉬이 받아들여지지 않았다. 청부를 받는 자들에게도 엄청난 부담이 되는 일이었기 때문이다.

하지만 이왕자는 포기하지 않았고 결국 오늘, 의뢰를 받아들인다는 확답을 받은 것이다.

그렇다면 이왕자가 하려는 일은 무엇일까?

그건 당연히 단 한 가지였다.

일왕자 에드리언의 암살.

델핀 이왕자는 이번 일을 기회라 여겼다.

서국 연합의 침공으로 모두의 시선이 바깥에 몰릴 것은 뻔한 일, 왕궁 내부에 대한 관심이 줄어들 것이고 일을 벌이기는 그 어느 때보다 쉬운 상황이 아닐 수 없었다.

위기가 곧 기회라고, 나라에 위기가 왔지만 자신에겐 기회가 찾아온 것이다.

에드리언 일왕자만 죽이면 로즈 공주는 아무것도 아니었고 결국 왕좌는 그의 것이 될 수 있었다.

당연히 이 일은 생각만큼 쉬운 일이 아니었지만 확률은 그 어느 때보다 높았다. 그 이유는 리프나이더 후작의 존재 때문이었다.

일왕자를 처리하는 데 가장 문제가 됐던 것이 바로 리프나이더 후작이었다.

한데 리프나이더 후작이 출정을 하면서 문제가 사라졌고 위협이 될 만한 존재가 없어졌다. 어떻게 보면 서국 연합이 그에게 선물을 준 것이나 마찬가지인 상황이었다.

때문에 이왕자는 이번 기회를 어떻게든 놓치지 않을 생각이었다.

딜란이 말했다.

"한데 그들로 가능하겠습니까? 아무리 명성이 있다 해도 결국 어쌔신 아닙니까?"

"그래, 어쌔신일 뿐이지. 하지만 우습게 볼 자들은 아닐 거다. 예전에 들은 소문에 의하면 블랙 클라우드가 세상에 없다면 레이숀이 최고라는 말까지 돌았으니까. 블랙 클라우드가 사라진 지금, 그들이 바로 최고의 실력을 가진 어쌔신 길드인 거지."

어쌔신 길드 레이숀.

포이즌 우드 대륙에는 수많은 어쌔신 길드가 존재했다. 그 중 가장 강력하고 막강한 힘을 가진 길드가 블랙 클라우드였다.

그다음으로 강한 길드는 몇 곳이 있었는데 각각 레이숀, 슬리먼, 에르드간이란 이름을 가졌다.

세 곳은 블랙 클라우드에는 미치지 못했더라도 강력한 힘을 가지고 있었고, 블랙 클라우드가 없었다면 세 길드 중 어느 한 곳이 최고가 되어도 이상하지 않을 정도였다.

그런데 블랙 클라우드가 서국 연합의 공격으로 사라지는 상황이 발생했고 세 길드에게는 기회가 찾아왔다. 그에 최근 세 길드는 세를 불리기 시작했고 '최고'라는 자리를 차지하기 위해 경쟁을 하고 있는 중이었다. 해서 세 길드는 현재 삼대 어쌔신 길드로 불리는 중이었다.

아무래도 그 세 길드 중 레이숀에 이왕자가 청부를 의뢰한 모양인 듯했다.

"그래, 청부를 받았으니 언제 작업을 시작한다고 하더냐?"

"보통 일이 아닌 만큼 급하게 행동에 들어가진 않는다고 합니다. 확실하게 작전을 짠 후 확신이 들 때 행동에 들어간다고 합니다. 그러니 조바심이 나도 기다려 달라고 하더군요. 자신들에게 맡겨달라고요."

"훗, 그런 말을 하다니 자신감이 과하구나. 하지만 그렇기에 믿음이 가는군. 알겠다. 기다리겠다. 삼십여 년 가까운 시간을 기다렸는데 며칠 그걸 못 기다릴까."

딜란은 알겠다는 듯 고개를 끄덕였다. 그러더니 살짝 망설이는 모습으로 말했다.

"그런데 그들이 원하는 것이 더 있었습니다."

"더 있었다고? 돈이 모자라지는 않았을 텐데. 설마 청부 넣은 걸 빌미로 협박한 것이냐?"

이왕자의 표정이 변했다.

딜란이 고개를 저었다.

"그게 아닙니다. 레이숀은 만약 왕자님께서 왕위에 오르신다면 자신들을 지지해 주길 바란답니다."

"지지?"

"예, 우호적인 관계를 원한다는 것이지요. 어쌔신 세계에서 이것이 되기 위해."

딜란은 자신의 엄지손가락을 들어 올렸다.

델핀 이왕자의 한쪽 입꼬리가 올라갔다. 무슨 뜻인지 안 것이다.

“최고에 오르기 위해 날 배경으로 삼겠다? 후후, 미천한 어쌔신 따위가 머리를 굴리는군.”

이왕자의 말은 차갑기 그지없었다. 하지만 표정은 썩 기분 나쁜 얼굴이 아니었다.

“좋다. 그것도 받아들인다고 하거라. 일왕자를 처리하더라도 이후에 또 쓸 때가 있을 테니 곁에 놔두는 것도 나쁘지 않겠지.”

“저도 같은 생각입니다.”

이왕자는 이내 허리를 펴고 자세를 바로 했다. 그는 여유롭게 말했다.

“그럼 우리는 이제 느긋하게 기다리는 일만 남았군.”

“예, 그렇습니다.”

“혹시 모르니 그들에게 말해놔. 우리 쪽에 흔적만 남지 않는다면 일에 필요한 것은 뭐든지 지원해 주겠다고.”

“알겠습니다.”

델핀 이왕자의 얼굴에 미소가 지어졌다, 차가운 승리자의 미소가.

하지만 그는 모르고 있었다.

지금 똑같은 상황이 에드리언 일왕자 쪽에서도 진행되고 있다는 것을.

*　　*　　*

“차아아아아!”

카카카캉!

따다다다다당!

라티고 영지의 비톤 성.

거기에 존재하는 연무장에서 두 개의 인영이 검술을 펼치고 있었다.

두 사람은 치열하게 검을 나누고 있었는데, 잘 보니 거의 한 사람만이 공격을 하고 나머지 한 사람은 방어에만 집중하고 있었다.

쑤아앙!

쾅!

공격자는 사력을 다해 공격을 하는 중이었는데, 놀랍게도 검에 오러 블레이드가 맺혀 있었다.

오러 블레이드로 사정없이 공격을 하고 있었던 것이다.

놀라운 것은 방어자 역시 오러 블레이드를 생성한 상태였고, 오히려 공격자보다 더 여유롭다는 것이었다.

그렇게 얼마나 두 사람의 검이 격돌했을까.

쩌저정!

갑자기 공격자의 오러 블레이드가 산산조각이 나며 사라졌다.

"젠장!"

푹!

그에 공격자가 검을 땅에 쑤셔 박았다. 상당한 보검인지 별다른 힘을 준 것 같지도 않은데 깊숙이 박혀 버렸다. 더불어 그 사람은 지금 상황이 상당히 마음에 들지 않는지 인상을 찌푸렸다.

"또 깨져 버렸군. 이게 몇 번째야."

이윽고 방어자가 검을 검집에 집어넣었다.

착!

한데 공격자와 달리 그자의 검은 흔한 철검이었다. 공격자의 검에 비하면 고철로 보일 정도였다. 그자는 그런 검으로 보검을 상대했고 이기기까지 한 것이다.

"말씀드렸지 않습니까. 마나를 이용해 강제로 만든 오러 블레이드는 불완전하다고. 깨달음을 통해 진정 마스터의 경지에 오르지 못한다면 완벽한 오러 블레이드는 만들 수 없습니다."

"그게 뭘 뜻하는지는 나도 알고 있어. 마법으로나 본체의 능력이나 모두 그 이상의 경지니까."

두 사람은 바로 데비아니와 그레이너였다. 그레이너가 데비아니의 검술를 상대해 주고 있었던 것이다.

데비아니는 검술 때문에 밀렘 후작의 제자로 위장했던 것이기에 그레이너에게 자신의 검술을 봐줄 것을 요청했고 그레이너는 그것을 받아들였다.

당연히 그냥 해주는 것은 아니었다. 그레이너는 자신의 부탁을 들어주는 조건을 걸었고, 데비아니는 간단하게 그것을 받아들였다.

그렇게 함께하기로 한 이후부터 두 사람은 정해진 시간에 대련을 했고, 데바아니는 어제까지 단 한 번도 이기지 못했다.

그리고 그건 오늘도 마찬가지였다.

"그런데 생각하면 할수록 짜증이 나는군. 로건보다 몇 배는 많은 마나를 쏟아부어 오러 블레이드를 만드는데 버티질 못하다니. 아무리 불완전하다지만 너무하잖아. 그리고 그 검!"

데비아니가 그레이너의 검을 가리켰다.

"어떻게 멀쩡할 수가 있는 거지? 오러 블레이드를 생성하려면 마나가 주입될 거고, 그러면 그 정도 검은 힘을 이기지 못하고 부서져야 정상이잖아? 내가 괜히 이런 보검을 쓰는 게 아닌데, 그런 검도 어쩌지 못하니까 더 자존심이 상한다고."

"그건 제 기술의 특징 중 하나니 알려드릴 수는 없군요. 그럼 오늘은 그만하시겠습니까?"

데비아니가 고개를 끄덕였다.

"그러자고. 계속 깨졌더니 오늘은 더 이상 하기 싫네. 거기다 방해꾼이 오기도 하고."

쉬리릭!

착!

데비아니는 땅에 박혔던 검을 뽑아 검집에 집어넣었다. 그 모습에서 전혀 지친 기색을 볼 수 없었다.

'확실히 드래곤이 대단하긴 하군.'

데비아니의 모습을 보면 대련을 얼마 하지 않은 것 같지만 사실 삼십 번이 넘는 대련을 펼친 상태였다.

삼십여 번이 넘는 대련에서 마나를 이용해 강제로 오러 블레이드를 만들고 부서졌음에도 그녀는 땀 한 방울 흘리지 않고 있는 것이다.

이것만 봐도 드래곤 하트의 힘이 얼마나 대단한지 간접적으로 알 정도였다.

저벅, 저벅.

그때 누군가의 발소리가 들려왔다. 데비아니가 말한 방해꾼이 이것을 말한 듯했다.

그레이너 역시 이전부터 알고 있었기에 상대가 도착하기를 기다렸다.

잠시 후, 나타난 자는 바우어 자작의 참모 해럴드였다.

"로건 님, 해럴드입니다."

해럴드는 로건을 보자마자 예를 갖췄다. 데비아니를 향해선 눈으로 인사했다.

"무슨 일인가?"

"손님이 도착해 모셔 오라는 분부가 있었습니다."

"손님?"

"그렇습니다. 누군지는 가서 보시면 알게 되실 겁니다."

비톤 성은 아직 전쟁 중이었다. 얼마 전 그레이너가 쿠건 백작을 죽이면서 소강상태에 들어섰지만 긴장감은 사라지지 않은 상태였다.

이런 상황에 손님이 온다는 건 의아한 일이었다.

결국 그레이너는 그 손님을 만나보기로 했다.

"앞장서게."

"예, 그럼."

그레이너의 말에 해럴드는 고개를 끄덕이곤 앞장서기 시작했다.

그레이너는 그 뒤를 따랐고 데비아니 역시 그레이너와 함께 움직였다.

가는 동안 그레이너와 마주친 기사와 병사들은 선망과 동경의 눈빛으로 경례를 올렸다. 밀렘 후작을 물리친 데다 얼마 전 혼자 적진에 뛰어들어 가 쿠건 백작을 죽인 사건 때문에 그를 보는 시선이 달라진 것이다.

특히 기사들은 그레이너를 거의 경애에 가까운 태도를 보이고 있었다. 소드마스터인 것도 있지만, 그 한 명으로 인해 전쟁의 양상이 완전히 달라진 것을 직접 목격했기에 그런 모습을 보일 수밖에 없었다.

그렇게 사람들을 지나쳐 도착한 곳은 의외로 응접실이 아닌 전투작전실이었다. 아마도 그를 만나려는 손님이 평범한 자가 아닌 듯했다.

"로건 님을 모셔왔습니다."

"아, 오셨군요."

해럴드와 함께 그레이너, 데비아니가 안으로 들어서자 바우어 자작이 맞이했다.

"이쪽으로 오시지요. 기다리고 있었습니다."

바우어 자작은 은은한 미소를 짓고 있었다. 아무래도 손님이란 자가 그와 친분이 있는 사람인 듯했다.

그에 그레이너는 그 손님이라는 자를 눈으로 찾았다.

그자를 발견하는 건 어렵지 않았다.

바우어 자작의 뒤에 어떤 노인이 중년인들과 함께 서 있었는데 안으로 들어온 그를 빤히 바라보고 있었다.

중년인들은 노인의 자식들로 보였는데 차림새나 기품이 상당한 것으로 보아 지위가 낮지 않음을 알 수 있었다.

"오오!"

노인과 중년인들은 그레이너를 보자 감격스런 감정을 보였다. 특히 노인이 그것이 좀 더 심했는데, 그레이너는 그 이유를 짐작할 수 없었다.

"로건 님, 이분이 누군지 아십니까?"

그때 바우어 자작이 미소를 지으며 물었다. 아무래도 그는 지금 상황에 대해서 잘 아는 듯했다.

"모르오."

"역시 그러시군요. 여기 이분은 바바크 백작님이십니다. 바로 벨만 가문의 가주이시지요."

'아…….'

그제야 그레이너는 상대가 누군지 깨달았다.

노인은 바로 로건의 외할아버지인 것이다.

CHAPTER 07
오지 않는 지원군

"벨만 가문은 어머니의……."

그레이너는 말했다. 마치 무의식중에 알아챘다는 듯이 말이다.

그 말에 바바크 백작의 얼굴이 밝아졌다.

"그래, 내가 바로 네 외할아버지다!"

백작은 감동한 표정으로 다가와선 그레이너의 손을 잡았다.

중년인들도 흐뭇한 모습을 보였다.

'이들을 벌써 만날 줄은 생각지도 못했군.'

그레이너는 로건의 신분을 조사하면서 당연히 외가도 알

아봤다. 하지만 그다지 자세하게 알아보진 않았다. 왕가나 특별한 가문에 시집을 간 것이 아닌 한 출가한 딸에 신경을 쓰는 귀족가는 잘 없기 때문이다.

아무래도 로건의 외가는 그렇지 않은 모양이었다.

"네가 살아 있었구나. 마지막으로 들은 소식이 도망치던 중 베레니스가 널 낳았다는 소식이었는데, 이렇게 살아 있었을 줄이야. 오, 주신이여, 감사합니다."

바바크 백작은 눈물을 보였다. 목소리로 느껴지는 감정이나 행동으로 보아 진심에 가까워 보였다.

"늙은이가 주책이군. 이렇게 기쁜 날 눈물을 다 보이고. 허허허."

그때 중년인들이 다가왔다. 그중 가장 나이가 많아 보이는 이가 말했다.

"주책이라니요. 막내의 아이가 살아 있는 걸 알고 기쁘셔서 그런 것인데요."

"그래, 그렇지. 아, 너희도 인사를 해야지. 로건 인사하거라. 네 외삼촌들이다."

역시 예상대로 중년인들은 바바크 백작의 아들이었다. 그들은 미소를 지으며 인사를 해왔다.

"반갑구나. 네겐 큰외삼촌이 되겠구나. 이름은 에드문드다."

"난 둘째인 레크리다. 나 역시 널 만나게 돼서 정말 반갑구나."

"셋째인 던이다. 반갑다."

그레이너도 인사를 건넸다. 그는 일부러 약간 어색하면서 무표정한 모습을 보였다.

"저도 세 분… 외삼촌을 뵙게 되어 반갑습니다. 갑작스런 상황이라 당황스럽군요."

바바크 백작과 외삼촌들은 고개를 끄덕였다.

"허허허, 모두 이해한다. 그러니 신경 쓰지 말거라. 차차 좋아질 것이다."

"아버님의 말씀이 맞다. 넌 이제 혼자가 아니니 걱정할 것 없다."

그들은 부담스럽지 않도록 그레이너를 다독였다.

그레이너는 로건으로 분하면서 벨만 가문을 만날 것을 예상하긴 했었다. 한데 그 시기가 생각보다 너무 빨랐다. 어느 정도 로건이란 이름이 알려진 후 만날 거라 생각했는데 그러기도 전에 만나게 된 것이다.

그리고 벨만 가문은 그의 계획에서 차지하는 비중이 거의 없었다. 로건과의 관계를 봐도 친가도 아닌 외가였기에 굳이 신경 쓸 필요가 없었던 것이다.

그런 의미에서 이젠 생각을 해볼 필요가 있을지도 모를 듯 했다.

바우어 자작이 말했다.

"자, 대충 인사는 나눈 것 같으니 앉아서 이야기를 나누지요."

"음, 그러세. 로건, 앉거라."

바바크 백작은 정말 할아버지처럼 그레이너를 대했다. 그런 행동은 벨만 가문에 대한 정보를 떠오르게 했다.

'벨만가, 대대로 관인 가문으로 명망이 높고 인덕이 두터움. 아즈라 왕국의 귀족가 중 백성들 사이에서 아주 평판이 좋음.'

바바크 백작을 직접 만나 보니 정보가 상당히 정확했음을 그레이너는 알 수 있었다.

이윽고 그레이너가 자리에 앉자 백작이 말을 꺼냈다.

"바우어 자작에게 네 이야기를 들었다. 여기서 사람들을 도왔다고 하더구나. 기특하구나. 나라가 어려운 때 발 벗고 나서다니."

"아닙니다. 당연히 해야 할 일을 한 것이지요."

"그렇게 생각하다니. 네 아비와 어미가 널 훌륭하게 키운 것 같구나."

역시 바우어 자작이 그에 대해서 이야기를 한 모양이었다. 이들의 친근함에는 소드마스터라는 신분이 큰 작용을 했을지도 모를 듯했다. 아니, 그레이너는 거의 그렇게 보고 있었고 그것이 당연한 현상이었다.

"좀 전에 네가 한 말로 보아 예상이 가능하지만 묻지 않을 수 없겠구나. 네 어미는… 어찌 되었느냐?"

"병을 얻어 돌아가셨습니다."

"아, 그런……."

백작은 안타까운 표정을 지었다. 드디어 알게 된 딸의 소식이 결국 죽음이었으니 슬픈 것이 당연하리라.

하지만 백작은 몰랐다. 로건의 어머니 베레니스는 병이 들어 죽은 것이 아니라 힘든 생활을 못 견뎌 자살했음을. 사실대로 말해봤자 좋을 것이 없기에 그레이너는 일부러 진실을 말하지 않았다.

"언제 그리됐느냐?"

"제가 어렸을 때입니다. 힘든 도피 생활이 결국 어머니를 병들게 했지요. 아버지께서 여러모로 애를 쓰셨지만 끝내 차도를 보이시지 않아 그리되셨습니다."

"그럼 그 이후 네 아비와 둘이서만 숨어 산 것이냐?"

"네, 산속으로 들어가 사람들의 눈에 띄지 않고 살았습니다. 그러다 아버지도 돌아가셨고, 네바로 왕국이 침공을 하게 되면서 세상에 나오게 된 것입니다."

"그랬구나. 쯧쯧, 네 고생이 이루 말할 수 없었음을 너무나도 잘 알겠다."

바바크 백작은 그레이너의 손을 잡으며 안쓰러운 얼굴을 했다.

에드문드 등은 반대로 굳은 표정을 지었다. 분노를 참는 모습이었는데, 아마도 험프리즈가를 몰락시켜 동생을 죽게 만든 자들을 떠올리는 듯했다.

"네 아비에게 들었겠지만 험프리즈가와 벨만가는 아주 가까운 사이였다. 네 할아버지인 에거튼과 나는 가장 친한 친우 사이였지. 당연히 네 아비와 외삼촌들도 그랬고."

그레이너는 거기까진 알지 못했었다. 그제야 이들의 살가움이 이해가 갔다. 로건은 외손자이기도 했지만 가장 친한 친우의 마지막 자손이기도 한 것이다.

"당시 험프리즈가가 역적의 누명을 썼지만 도와줄 수가 없었다. 벨만가 역시 어려운 상황이었으니까. 할 수 있는 거라곤 네 아비와 어미를 피신시키는 데 도움을 주는 수밖에 없었지."

"그랬었군요."

"이후 파벌 싸움에서 왕가파인 우리가 이겨 신원을 회복시키긴 했지만 이미 늦은 후였다. 이미 험프리즈가의 사람들은 모두 처형을 당한 뒤였으니까. 너희 가족의 소식도 알 수가 없어 사정을 알려줄 수도 없었지."

바바크 백작은 표정이 좋지 못했다. 아마도 가슴속에 한이 남는 모양이었다.

"이리될 줄 알았다면 애초부터 파벌 싸움에 합류하는 게 아니었는데. 결국 우리가 한 일은 모두 부질없는 짓이 되고 말았지."

백작은 씁쓸한 모습을 보였다.

그레이너는 부질없다는 백작의 말이 무얼 뜻하는지 알 수 있었다.

당시 파벌 싸움은 엄청난 피해를 가져왔다.

왕가파는 승리했음에도 귀족파를 어쩌지 못했다. 귀족파를 처리했다가는 아즈라 왕국이 다른 나라의 먹잇감이 될 수 있을 정도로 타격이 심각했던 것이다. 그 정도로 파벌 싸움은 아즈라를 어렵게 했고 국력 자체가 쇠퇴하는 결과를 낳았다.

결국 귀족파는 살아남았고 이후 설욕을 위해 다른 방법으로 움직였다. 그 방법은 바로 왕가의 후손을 자신들의 혈육으로 만드는 것이었다. 시간이 오래 걸리는 계획이었지만 확실한 방법이 아닐 수 없었다.

왕가는 화해를 위해 혼담을 제안하는 귀족파를 거부할 수 없었다. 피해를 복구하기 위해선 귀족파의 도움이 필요했기 때문이다.

결국 왕가는 귀족파와 혼인을 맺었고 그 결과 시간이 지나면서 귀족파는 두 개의 파로 나뉘어졌다.

그것이 바로 지금의 일왕자파와 이왕자파인 것이다.

그럼 왕가의 편에 섰던 귀족들은 어떻게 된 것일까?

왕가를 위해 희생을 했던 그들은 거의 모든 힘을 잃었고 혼담으로 귀족파가 왕가와 더 가까워지면서 자연히 멀어지게 되었다.

배신감과 허탈감에 그들은 왕가에 등을 돌렸고, 그렇게 만들어진 집단이 바로 지금의 중립파인 것이다.

바우어 자작이나 바바크 백작 모두 중립파의 귀족이었고, 부질없다는 말이 바로 왕가의 편에 섰었음에도 중립파가 된 가문의 처지를 뜻하는 것이었다.

바바크 백작의 마음을 안다는 듯 바우어 자작이 말했다.

"생각해 봤자 마음만 편치 않습니다. 백작님, 오늘은 외손자를 만난 좋은 날이니 좋은 이야기만 하시지요."

"허허, 그렇지. 자네 말이 맞네. 좋은 날인데 우울한 이야기를 할 필요는 없지."

그 말에 백작이 고개를 끄덕였다.

이후 바바크 백작은 이런저런 질문을 하며 로건의 살아온 삶을 궁금해했고, 그레이너는 로건의 입장에서 대답을 했다.

그레이너의 대답에 백작은 일희일비했는데, 그레이너는 계속 대화할 생각이 없었다. 해서 이내 이야기를 흘리면서 질문을 했다.

"그런데 어떻게 여기에 오신 겁니까? 절 알고 찾아오신 것 같진 않은데."

그 질문에 대한 대답은 옆에 있던 바우어 자작이 했다.

"이런, 그러고 보니 지금까지 말씀을 드리지 않았군요. 바바크 백작님께서는 저희를 돕기 위해 온 것입니다. 지원 요청을 위해 주변 영지에 파발을 보냈었는데, 소식을 듣고 도와주기 위해 오신거지요. 그러다 제가 말씀드려 로건 님에 대한 걸 아신 거고요."

"아."

"백작님께선 샐림 영지를 다스리고 계신데 이곳에서 가장 먼 곳이지요. 그럼에도 도움을 주기 위해 가장 먼저 오신 겁니다."

그레이너는 고개를 끄덕였다. 그제야 바바크 백작이 왜 이곳에 나타났는지 이해할 수 있었다.

한데 바우어 자작의 말에 백작의 표정이 그다지 좋지 못했다.

그레이너는 뭔가 있다는 생각에 물어보려 했는데, 그러기도 전에 백작이 먼저 말했다.

"바우어 자작, 아마도 더 이상은 지원 병력은 없을 듯싶네."

"예? 그게 무슨 말씀이십니까?"

자작이 의아한 표정을 지었다.

그에 백작의 시선이 아들들에게 향했고 에드문드가 나서서 대답했다.

"여기로 오는 도중 다른 영지의 병력과 합류하려 했습니다. 하지만 대부분의 영지에서 거부했습니다. 비톤 성에서 막는 건 가망이 없다 여긴 거지요. 팔만에 달하는 병력을 어떻게 막느냐며 말입니다."

"아니, 그런……."

"오는 도중 많은 영지를 들렀는데 난리도 아니었습니다. 소식을 듣고 놀라서는 아예 성문을 걸어 잠그는 영지부터, 영지를 버리고 수도로 도망치는 영주들도 있더군요. 우리는 그것을 보고서도 어떻게 할 수가 없었습니다."

"……."

바우어 자작의 표정이 심각하게 굳어졌다.

"하지만 중요한 건 이런 상황에 파가 갈렸다는 겁니다. 일왕자파의 카제일 자작과 이왕자파의 듀발 백작, 그 두 귀족이 중심이 되어 같은 파의 영주들을 소집하고 있습니다. 그들이 선동하는 바람에 이곳으로 오려던 영주들이 두 귀족의 영지로 발길을 돌렸지요. 비톤 성에서 네바로군을 상대하는 동안 자신들끼리 병력을 모아 기회를 엿보려는 것이 분명합니다."

"이 개자식들!"

쾅!

화가 난 바우어 자작이 탁자를 내려쳤다.

네바로군의 공격을 방어하며 버티는 와중 설마 그런 상황이 벌어지고 있을 줄은 상상도 못한 것이다.

이런 긴급한 상황에까지 파를 나눠 아군을 어렵게 만드는 자들에 크게 분노할 수밖에 없었다.

그때 바바크 백작이 입을 열었다.

"그나마 중립파 영주들이 병력을 합류시키도록 했지만 수가 많지는 않았네. 알다시피 중립파는 귀족의 수가 적고 규모도 얼마 되지 않으니까. 그래서 내가 데리고 온 병력까지 합해 칠천 정도밖에 되지 않는 거지. 이렇게 말하고 싶진 않지만 현 상황에서 지원 병력은 이게 끝이라고 여겨야 할 거네."

"……."

바우어 자작은 이를 깨물었다. 일왕자파와 이왕자파 귀족들의 작태에 분노를 금치 못하는 것이다.

백작은 그것을 이해한다는 듯 자작을 격려했다.

"지금까지 잘 막아왔으니 힘내게. 자네 능력이면 수도에서 원군이 올 때까지 버틸 수 있을 거야. 지금까지 그래왔고. 그리고 우리에겐 그분이 있지 않나."

그분이라는 말에 자작의 고개가 들렸다.

"아비게일 후작 각하 말일세. 밀렘 후작을 상대하기 위해 그분이 병력을 이끌고 오실 것이네. 분명 그럴 것이니 희망을 가지고 버텨보세."

"아……."

그 말에 바우어 자작이 고개를 끄덕였다. 그와 동시에 살짝 당황한 빛으로 그레이너를 바라봤다.

그레이너는 바바크 백작의 말과 바우어 자작의 모습에서 알 수 있었다.

자작이 그에 대해 전부 이야기한 것이 아님을.

예상과 달리 바바크 백작은 자신이 소드마스터임을 모르

고 있었던 것이다. 아마도 중요한 이야기니 직접 밝히게 하려 한 모양이었다.

자작의 시선에 이내 그레이너는 고개를 끄덕였다.

그에 자작이 알았다는 듯 백작에게 말했다.

"제가 말씀드리지 않은 것이 있는데, 밀렘 후작은 걱정하지 않으셔도 됩니다."

"밀렘 후작을 걱정하지 않아도 된다고? 그게 무슨 말인가?"

백작이 의아한 얼굴로 물었다.

"그는 우리의 소드마스터로 인해 심각한 부상을 입고 전투에 나오지 못하는 상황이랍니다."

"소, 소드마스터?"

자작의 대답에 백작뿐 아니라 에드문드 등까지 놀란 반응을 보였다.

소드마스터가 있을 거라곤 생각도 못했기에 놀라는 게 당연했다.

"소드마스터가 있다고? 아군에 말인가? 아니, 어떻게 그럴 수가 있단 말인가, 왕국의 소드마스터분들은 전부 수도 솔라즈에 있는 것으로 아는데."

"새로운 분이십니다. 위기가 있었지만 그분으로 인해 넘길 수 있었지요."

"누군가 소개해 주게. 뵙고 싶구먼."

그 말에 자작이 미소를 지으며 말했다.

"앞에 계시지 않습니까."

"앞에? 앞이라면……."

바바크 백작과 에드문드 등의 시선이 저절로 그레이너를 향했다.

그들은 설마 하는 표정을 짓더니 믿기지 않는 목소리로 물었다.

"로, 로건, 네가?"

그레이너는 고개를 끄덕였다.

"맞습니다."

"이럴 수가!"

"하하, 이런 일이!"

대답과 함께 백작과 에드문드 등이 경탄에 마지않는 반응을 보였다.

생존한 외손자이자 조카를 만나는 자리에서 그 정체가 소드마스터라니, 크게 놀랄 수밖에 없었다.

"허허허허! 네가 소드마스터라니! 이런 경사가 있느냐! 하늘이 도우심이다. 억울한 네 가문의 사정을 헤아려 은혜를 베푸신 거야. 잘됐다, 정말 잘됐어."

"그렇습니다, 아버지. 하늘에 있는 베레니스가 정말 기뻐할 겁니다."

그들은 아주 기뻐했다. 소드마스터가 있다면 몰락한 가문을 일으켜 세우는 건 문제도 되지 않았다. 거기다 계략으로 누명을 씌운 자들에게 복수할 힘도 가진 셈이니 최고의 소식이 아닐 수 없는 것이다. 당연히 외가인 벨만 가문의 영향력도 강해질 것이고 말이다.

"됐다. 그렇다면 네바로군 따위가 문제겠느냐? 네가 있다면 아비게일 후작 각하께서 오실 때까지 버티는 건 걱정하지 않아도 되겠구나."

"예, 그렇지요. 그리고 이것으로 인해 상황을 어렵게 만든 일왕자파와 이왕자파의 귀족들에게 죄를 물을 수도 있을 겁니다. 아비게일 후작 각하께서 절대 가만있지 않을 것이니까요."

바바크 백작과 에드문드 등은 들뜬 목소리로 말했다.

바우어 자작도 밝아진 얼굴로 고개를 끄덕였다.

그리고 그건 그레이도 동의했다.

그 역시 그녀가 도착하길 바라고 있었기 때문이다.

*　　*　　*

"오셨습니까."

어두운 밤, 비톤 성 앞에 진을 친 네바로 왕국군의 진영.

그곳 초입에서 네바로군의 수뇌진이 누군가를 맞이하고 있었다. 상대는 약 십여 명의 인영이었는데, 그중 한 사람이

나와 그들의 인사를 받았다.

"반갑군."

건장한 체격의 다른 이들과 달리 평범한 체격에 평범한 생김새를 가진 자로 그다지 특별한 것이 없는 자였다. 약간 다른 것이 있다면 장난기가 보인다고 할까.

하지만 그자의 그런 모습을 우습게 여기는 자는 아무도 없었다. 왜냐하면 그자의 정체가 바로 노미디스 제국의 소드마스터 코랄 후작이었기 때문이다.

네바로 왕국군의 소식을 듣고 노미디스 제국군을 떠났던 그가 드디어 이곳에 도착한 것이다.

"오시느라 고생하셨습니다. 전갈을 받고 기다리고 있었습니다. 가시지요. 처소를 준비해 놓았습니다."

네바로 쪽에서 쿠건 백작의 군사인 슈런드가 대표로 나왔다. 밀렘 후작이 다치고 쿠건 백작이 죽은 후 임시로 그가 네바로군을 대표하고 있는 것이다.

"처소는 잠시 후에 가고, 다른 곳을 먼저 들르고 싶군."

"다른 곳이라니, 어딜……."

"밀렘에게 안내하게. 아무리 그래도 그를 먼저 만나보는 게 좋겠군."

"…알겠습니다."

슈런드는 잠시 머뭇거리다 고개를 끄덕였다. 그러곤 앞장서기 시작했다.

밀렘 후작의 막사에 도착하는 건 얼마 걸리지 않았다.

"휘유~ 좋은 데서 지내는군. 이 정도라면 바깥에서 지내는 것도 문제없겠군. 내 처소도 이 정도 되는지 궁금해지는구먼. 후후."

코랄 후작은 조롱인지 감탄인지 알 수 없는 말을 하며 이내 안으로 들어갔다.

안에는 두 사람이 있었다. 한 사람은 바닥에 앉아 마나 연공을 하고 있었고 나머지 한 사람은 마나 연공 하고 있는 사람을 지키기 위해 입구 쪽을 바라보며 서 있었다.

"누구요? 병사들에게 아무도 들이지 말라 했는데."

호위를 서던 자가 코랄 후작을 보고는 경계심을 나타냈다. 그자는 손을 들어 막아서려 했다.

그런데 막 그자의 손이 코랄 후작에 닿으려는 찰나,

스륵.

마치 유령인 것처럼 코랄 후작의 신형이 그자를 지나쳐 갔다.

"엇!"

그자는 깜짝 놀라 두리번거렸다.

바로 앞에 있던 그자의 눈엔 코랄 후작이 사라진 것 같은 착각을 일으켰다.

그러다 뒤에 있는 걸 알고는 소리를 지르려 했다.

어쌔신이나 적의 습격으로 생각한 것이다.

"아, 안……!"

한데 그러기도 전에 코랄 후작이 먼저 말했다.

"코랄 후작이다. 그러니 소리칠 것 없다."

"……!"

그 말에 호위를 섰던 자가 움찔했다.

누군지 안 것이다.

코랄 후작은 마나 연공을 하고 있는 자에게 다가갔다. 마나 연공을 하고 있는 자는 여전히 연공에 열중해 있었는데 특이한 점이 한 가지 있었다. 바로 왼팔이 헐렁하다는 것이었다.

그렇다.

마나 연공을 하고 있는 자는 바로 밀렘 후작이었다.

호위를 서고 있는 자는 후작의 첫째 제자인 코플리였고 말이다.

"손님이 왔으니 그만하지, 밀렘."

코랄 후작은 이내 한쪽에 있는 의자에 앉으며 다리를 꼬았다.

그러자 얼마 있지 않아 밀렘 후작의 눈이 떠졌다.

"마나 연공 중에 들이닥치는 건 손님이 아니라 불청객이나 할 짓이지. 전혀 변하지 않았군, 코랄."

밀렘 후작과 코랄 후작은 안면이 있는지 서로 편하게 말을 했다.

밀렘 후작은 제자인 코플리에게 고갯짓을 했다.

그에 코플리는 고개를 끄덕이곤 막사를 나갔다. 결국 막사엔 밀렘 후작과 코랄 후작 둘만 자리하게 되었다.

"의외군. 패배했다는 소식에 얼굴이 좋지 않을 거라 생각했는데, 예상외로 전혀 그렇지 않군."

"왜, 실망했나?"

"그럴 리가 있겠나. 자네를 걱정해 여기까지 달려온 난데."

"시간이 지나도 자네의 그 장난스러움은 사라지지 않는군."

"후후, 밀렘, 사람이 변하면 죽는 거야. 초심을 지키는 게 가장 좋은 거지. 그래야 발전이 있는 거고. 그 대표적인 사람이 바로 나 아니겠나?"

밀렘 후작은 말없이 고개를 저었다.

이윽고 코랄 후작이 표정을 바꾸며 물었다.

"이야기해 보게, 어떻게 된 건지. 새로운 소드마스터라는 그자의 실력이 정말 강한 건가, 아니면 자네가 운이 없어 패배한 건가?"

"운? 우리 정도 경지에서 운이 승패를 좌우하지는 못하지. 오직 실력만 결정할 수 있을 뿐."

"그 말은……?"

밀렘 후작은 대답 대신 상의를 벗었다. 그러자 잘린 그의 왼팔이 드러났다.

그걸 보자마자 코랄 후작이 말했다.

"깨끗하게 잘렸군."

"맞아. 정말 깨끗하게 잘렸지. 그렇지만 이건 전혀 중요한 게 아니야. 정말 중요한 게 뭔지 아는가?"

"뭔가?"

"그자의 검에 잘린 건 왼팔뿐 아니라 내 오러 블레이드까지 잘렸다는 거네."

"……!"

순간 코랄 후작의 눈이 크게 떠졌다.

굉장히 놀란 듯 얼굴에 있던 장난기가 사라지면서 눈썹을 찌푸렸다.

"지금 뭐라고 그랬나? 오러 블레이드가 잘렸다고?"

"그렇네. 바로 이렇게."

밀렘 후작은 자신의 검을 가져와 보여줬다.

반 토막이 난 검이 코랄 후작의 눈앞에 드러났다.

"난 단 한 번도 공격을 성공시키지 못했네. 그자의 공격을 막는 데 급급했지. 그러다 오러 블레이드가 잘린 거고 덤으로 왼팔까지 잃은 거지."

"……."

코랄 후작은 굳은 표정으로 밀렘 후작의 반 토막 난 검을 바라봤다. 그걸 보자 자신이 예상했던 것보다 일이 심각함을 알 수 있었다.

밀렘 후작이 말했다.

"자네가 생각하는 대로 그자는 보통 실력이 아니네. 어쩌면 상상하는 것 이상의 강함을 가진 자일지 몰라."

"솔직히 말하지. 잘 믿어지지 않네. 어떻게 오러 블레이드가 잘릴 수 있단 말인가? 이 세상에 오러 블레이드를 자를 수 있는 건 없네. 자네가 착각을 한 것 아닌가? 그자가 무슨 수작을 부린 것 아니냔 말이네."

"네가 그런 것도 알아채지 못할 것 같은가?"

"……."

"그자의 검술이 특이하긴 했네. 하지만 그것은 속임수나 술수가 아니었어. 만약 그런 것이었으면 우리 병력 사이에 뛰어들어 쿠건 백작을 죽일 수도 없었겠지."

코랄 후작은 말문을 닫았다. 가볍게 생각하고 온 것이 밀렘 후작의 이야기로 인해 심각하게 변해 버렸다. 바로 그레이너가 노린 그 상황인 것이다.

가만히 있던 코랄 후작이 이내 입을 열었다.

"좋네. 믿기진 않지만 자네의 말대로 그런 자라면 나와 함께라면 상대가 가능하겠나?"

밀렘 후작은 고개를 저었다.

코랄 후작이 그것을 '가능하지 않다'라고 판단하려는 순간 밀렘 후작이 말했다.

"모르겠네. 내가 이 꼴이 되긴 했지만 두 명의 소드마스터가 상대한다면 이길 수도 있겠지. 하지만 확신할 수가 없네. 그 정도로 강하단 느낌을 받았으니."

"그럼 방법은 하나밖에 없군. 가능한지 부딪쳐 보는 수밖에."

"아니. 그럴 필요 없네. 내가 생각해 놓은 것이 있네. 함정을 팔 것이네."

"함정?"

"그래, 함정. 그 누구도 빠져나갈 수 없는 함정 말이야."

밀렘 후작의 눈빛이 차갑게 빛났다.

그 모습을 코랄 후작은 흥미로운 표정으로 바라봤다.

CHAPTER 08

비톤 성으로 향하는 아비게일 후작

두두두두두두!

드넓은 벌판, 일련의 군대가 어딘가를 향해 빠르게 달려가고 있었다.

군대의 깃발은 바로 아즈라 왕국의 문양, 아즈라의 군대인 것이다.

군대는 빠르게 북서쪽으로 달리고 있었다. 그 방향의 끝에 있는 영지는 바로 비톤 성이 있는 라티고 영지.

즉, 이 군대는 아비게일 후작이 이끄는 중립파의 군대인 것이다.

중립파 군대는 급하게 움직였다. 일왕자파나 이왕자파가

맡은 지역들에 비해 중립파가 맡은 지역의 영지들은 힘이 약했다. 다른 지역에 비해 적군이 더 빨리 밀고 들어올 수 있기에 최대한 속력을 내야 했다.

"후작 각하, 힘들지 않으십니까?"

아비게일 후작은 군의 중심에 있었는데, 편한 마차 대신 다른 이들과 마찬가지로 말을 타고 있었다. 그 때문에 부하들이 연신 괜찮은지를 물었다.

"그만 물어라, 시에라. 걸어서 이동하는 병사들도 있는데 이 정도 가지고 뭘 그러느냐."

질문을 한 사람은 아비게일 후작의 참모로 '시에라' 라는 이름의 여인이었다.

시에라는 입을 닫고는 조용히 자신의 자리로 돌아갔다.

그런데 자세히 보니 중립파 군대에 여자들이 상당히 많았다. 군사나 참모들은 물론 기사와 마법사 등 상당수가 여자였다.

그녀들 모두 아비게일 후작의 수하들로, 포이즌 우드 대륙 유일의 여자 소드마스터라는 특별함 때문에 함께하게 된 여인들이었다. 여자도 남자보다 뛰어난 능력을 보일 수 있고, 자신의 능력을 마음껏 발휘하기 위해 많은 여인들이 아비게일 후작을 찾았다. 그러다 보니 시간이 지나선 이런 특별한 부대를 가지게 후작이었다.

한편, 아비게일 후작의 모습에 중립파 병력은 감명을 받왔다.

사실 아비게일 후작이 처음 마차에 타지 않고 움직일 때 그녀를 모르는 대부분은 비웃었다. 얼마 가지 않아 여느 귀족들이 그러는 것처럼 힘든 말 대신 편한 마차를 타고 갈 것이라 예상했다.

하지만 시간이 지나도 그녀는 마차를 타지 않았다. 마차는 군사나 참모들이 타게 하고 자신은 다른 이들과 똑같이 움직였다.

그것뿐만이 아니었다. 후작은 식사와 잠도 병사들과 똑같이 했다. 병사들이 먹는 음식을 먹고 병사들이 사용하는 막사에서 잠을 청했다. 음식은 질이 떨어졌고 막사는 허름했지만 그녀는 단 한 번도 인상을 찌푸리거나 불만을 내뱉지 않았다.

최고지휘관인 아비게일 후작이 그런 모습을 보이자 중립파의 전 병력은 감격했다. 그냥 귀족도 아닌 후작인 데다 소드마스터인 그녀가 자신들과 똑같이 하니 감동을 받지 않을 수가 없는 것이다.

결국 그 작은 행동으로 인해 여기저기서 모인 중립파의 병력은 하나가 되어갔고 절로 사기가 올라갔다. 네바로 왕국군을 상대해야 된다는 생각으로 긴장하던 병력이 후작 때문에 오히려 전력이 올라간 것이다.

대신 함께 따라온 중립파의 귀족들은 인상을 찌푸릴 수밖에 없었다. 아비게일 후작 덕분에 자신들도 똑같이 해야 했던 것이다. 당연히 상대가 보통 사람도 아닌 아비게일 후작이었기에 반발이나 불평은 꿈도 꾸지 못했다.

그렇게 중립파의 군대는 큰 문제 없이 네바로 왕국군을 상대하기 위해 계속 진군을 했다.

그런데 수도를 떠나 목적지까지 온 거리만큼을 남겼을 때, 일련의 무리를 발견하게 되었다.

그 무리는 멀리서 달려가다가 중립파 군대를 보고는 다가오기 시작했다.

"저들이 누군지 알아보게 하거라."

"예, 각하."

아비게일 후작의 명령에 참모인 시에라가 기사들에게 명령을 내렸고, 기사들이 그 무리에게 달려갔다.

무리와 조우한 기사들은 잠시 대화를 나눴고 이윽고 다시 돌아와 보고했다.

"저들은 지금 우리가 가고 있는 코스로브 국경 지역 근처의 영주들이랍니다."

"영주들?"

보고를 들은 아비게일 후작의 표정이 변했다. 그녀가 즉시 명령을 내렸다.

"그들을 데리고 오너라."

"알겠습니다."

후작의 명령에 기사들이 다시 무리, 즉 코스로브 국경 지역의 영주들을 데리러 갔고 소식을 들은 영주들이 아비게일 후작에게 달려왔다.

"아비게일 후작 각하를 뵈옵니다!"

영주들은 도착하자마자 즉시 예를 취했다.

아비게일 후작은 고개만 살짝 끄덕이고는 물었다.

"모두 코스로브 국경 지역 근처의 영주들이라 했는데, 사실인가?"

영주들 중 대표로 한 명이 나섰다.

"그렇습니다. 저흰 코스로브 국경 지역의 영주들입니다."

"그런데 어떻게 지금 여기에 있는 것인가? 설마 네바로 왕국군이 벌써 그쪽 지역을 모두 함락했다는 말인가?"

"저… 그것이……."

후작의 물음에 영주 대표가 우물거렸다. 다른 영주들도 뭔가 살짝 눈치를 보는 모습을 보였다.

"뭐하는가, 대답하지 않고."

아비게일 후작이 다시 묻자 결국 영주 대표가 떠듬거리며 말했다.

"자, 잘 모르겠습니다."

"잘 모르겠다니, 그게 무슨 말인가?"

"그게… 저희는 네바로 왕국군이 쳐들어왔다는 소식에 급히 빠져나오느라……."

"뭐야?"

순간, 아비게일 후작의 눈썹이 꿈틀거렸다. 그녀는 냉랭한 목소리로 물었다.

"지금 그 말은 라티고 영지의 지원 요청 소식을 듣고 도망을 쳤다는 것이냐?"

영주들이 화들짝 놀란 얼굴을 했다.

"도, 도망이라니요! 그럴 리가 있겠습니까! 저희 힘으로는 어쩌지 못하는 상황이라 할 수 없이 후퇴한 겁니다. 또 어떠한 상황인지 소식도 알려야 했고요. 절대 도망을 친 것이 아닙니다."

"후퇴를 했다고? 그럼 영지민들은 어디 있는 거지?"

"……."

영주들 일행에 영지민은 단 한 명도 없었다. 거기다 급히 움직였는지 기사들만 몇 명 보일 뿐 병사들도 보이지 않았다.

"대답을 못하는군. 좋다, 그럼 말해보라. 지금 그곳은 어떤 상황이냐?"

"예? 무슨 상황 말입니까?"

"방금 너희가 말하지 않았나, 소식을 알리려 했다고. 그렇다면 지금 어떤 상황인지 잘 알 거 아니냐?"

"그, 그게……."

영주들은 대답하지 못했다.

그것을 보고 아비게일 후작은 확신했다.

"글리아, 이자들을 포박해라. 그리고 이들의 식솔들도 잡아와라."

"예, 각하! 이들을 포박하라!"

"예!"

후작은 부장기사 중 한 명인 글리아에게 명령을 내렸고 이내 기사와 병사들이 영주 일행을 포박했다.

당연히 영주들은 크게 놀랐다.

"헉, 왜, 왜 이러시는 겁니까!"

"이, 이게 무슨 짓입니까! 갑자기 왜 이러는 것이오!"

영주들은 사색이 된 얼굴로 몸부림을 쳤다. 하지만 기사와 병사들의 힘을 당할 순 없었다.

이내 얼마 지나지 않아 영주들의 식솔을 비롯한 일행 모두가 끌려왔다. 그들 역시 영주들과 마찬가지로 당황한 모습을 감추지 못했다.

아비게일 후작이 말했다.

"국왕 전하께서 우리 귀족들에게 영지를 하사하는 건 자신을 대신해 백성을 보호하고 국토를 지키라는 의미다. 마치 자신이 하는 것처럼 지혜롭고 현명하게 다스리라는 뜻이지."

"……"

"한데 네놈들은 타국이 쳐들어와 나라가 위기에 처한 이때 자신만 살자고 도망을 쳤다. 그것도 백성과 국토를 버리고 말이야. 그것이 얼마나 큰 잘못인지 아나?"

영주 대표가 고개를 저었다.

그가 급히 소리쳤다.

"도, 도망친 것이 아니라 말씀드리지 않았습니까! 저희는 소식을 전하기 위해……."

그런데 순간,

스륵.

빠각!

"크악!"

갑자기 그자 앞에 아비게일 후작의 신형이 나타나더니 발로 그자의 머리를 가격했다.

영주 대표가 바닥에 처박히며 비명을 질렀다.

"말도 안 되는 거짓은 내게 통하지 않는다."

그때였다.

"후, 후작 각하! 저희는 중립파가 아닌 일왕자파의 귀족들입니다! 저희를 이리 대하시면 뒤에 가서 곤혹을 면치 못하실 겁니다!"

영주 중 한 명이 겁에 질린 와중 굳은 표정으로 소리쳤다.

이들은 일왕자파의 귀족들이었고, 때문에 자신들의 신상에 문제가 생기면 아무리 아비게일 후작이라도 이 일을 그냥 넘기지 못할 것이었다.

영주는 그것을 말하는 것이다.

"마, 맞습니다!"

"저희를 이리 대하시면 안 됩니다!"

다른 이들도 옳다 여겼는지 급히 고개를 끄덕였다.

아즈라는 파벌 싸움이 심했고 일왕자 파의 세력이 가장 강했기에 이들의 말은 틀린 것이 아니었다.

한데 아비게일 후작은 그 말에 난감해하기는커녕 오히려 미소를 지었다.

아주 차가운 미소를.

“그래? 그럼 그 곤욕이 어떤 건지 한번 두고 보도록 하지. 시에라.”

“예, 각하.”

“이들의 목을 전부 잘라라.”

후작의 선택은 놀랍게도 처형이었다.

그에 영주들을 비롯한 식솔과 일행 모두의 눈이 찢어질 듯 커졌다.

“헉!”

“아, 아니!”

하나 이들이 놀라던 말든 시에라는 즉각 고개를 끄덕였다.

“알겠습니다. 이들의 목을 쳐라!”

“예!”

시에라는 즉시 수하들에게 명령을 내렸고 수하들 역시 조금의 망설임도 없이 무기를 빼 들었다.

그러곤 목을 치기 시작했다.

서걱!

쑤각!

"아, 안 돼!"

"살려주십시오! 제발 살려… 끄억!"

"꺄아아! 컥!"

기사와 병사들은 그야말로 가차 없이 영주 일행을 죽여 나갔다.

군에 속한 중립파의 귀족들이 모골이 송연할 지경이었다.

그들의 후작의 부대가 얼마나 독하고 충성스러운지 제대로 실감하고 있었다.

잠시 후, 이십여 명에 달하던 이들의 목이 전부 떨어져 나갔다. 결국 모두 죽음을 맞이한 것이다.

아비게일 후작은 영주들의 목을 모두 수거하게 했다. 그런 후 중립파의 주요 인물들을 모았다.

수뇌부가 모두 모이자 후작이 말했다.

"영주들이 이탈해 도망을 치고 있는 것으로 보아 라티고 영지에 지원이 제대로 안 될 가능성이 높다. 때문에 어려운 상황에 처해 있거나 어쩌면 이미 네바로 왕국군에 함락당해 다음 영지로 진군하고 있을지도 모르는 상황이다."

수뇌부는 고개를 끄덕였다.

어쩌면 더 심한 상황에 처했을지도 모른다 여기고 있었다.

"우리가 해야 할 일은 그것을 막고 피해를 최소한으로 하는 것. 병사들의 진군 속도에 맞춰서는 그것이 점점 어려워질 것이다. 때문에 내가 기사들을 이끌고 먼저 가 상황을 알아보고자 한다. 번탈 백작."

"예, 후작 각하."

후작의 부름에 단단한 체격의 중년인이 나섰다.

"그대가 부사령관이니 부대를 이끌고 오라. 네바로 왕국군이 어디까지 진군했는지 모르겠지만 먼저 가서 확인하는 대로 전령을 보내겠다. 먼저 가서 전투에 참여할 수도 있으니 기병은 꼭 대비시켜 놓게."

"알겠습니다. 맡겨주십시오."

번탈 백작은 절도 있게 고개를 숙이며 대답했다.

후작은 고개를 끄덕이곤 자신의 기사들을 바라봤다.

"모두 간단하게 짐을 챙겨라. 지금 즉시 떠날 것이다."

"알겠습니다!"

기사들은 대답과 함께 바로 움직였다. 짐을 챙기는 것은 5분도 걸리지 않았고 모두 준비가 끝났다.

"가자."

그것을 확인하자마자 아비게일 후작은 라티고 영지를 향해 달렸다.

기사들이 그 뒤를 따랐고 그들의 모습은 먼지 구름과 함께 순식간에 사라졌다.

* * *

"어쌔신이다! 죽여라!"

"차아앗! 커헉!"

"아악!"

수도 솔라즈의 아즈라 왕성.

그곳 어딘가에서 급박한 외침 소리와 함께 비명 소리가 난무했다.

기사 한 명이 갑자기 근처에 있던 기사들을 공격하더니 어떤 방으로 뛰어들어 갔다.

벌컥!

"이놈! 기다리고 있었다!"

한데 그 방에는 십여 명에 달하는 기사와 마법사가 기다리고 있었다.

그리고 그들은 그 기사가 올 줄 알았다는 듯 즉시 달려들었다.

슈라락!

휘익!

그 모습을 보고도 방에 뛰어든 자는 놀라지 않았다.

마치 예상하고 있었다는 듯 손을 털었다.

그러자 그자의 손에 무언가가 나타났다.

그자는 그것을 자신에게 달려드는 기사들에게 던졌다.

"훙! 어딜!"

기사 중 가장 앞에 있던 자가 그것을 보자마자 검을 휘둘렀다.

쳐내려 한 것이다.

땅!

기사는 어렵지 않게 그것을 칠 수 있었다.

그런데,

퍽!

쳐냈다고 생각한 물건이 갑자기 터져 버렸다.

그러더니 물방울 같은 것이 사방으로 튀는 것이 아닌가.

“헛!”

“피, 피해라!”

기사들은 그것이 심상치 않은 것임을 직감하곤 즉시 피하려 했다.

하지만 사방으로 튀는 물방울을 모두 피할 수는 없었다.

결국 몇 명이 적중당하고 말았다.

“으아악!”

“끄헉! 도, 독이다!”

물방울은 바로 독이었다.

그것도 보통 독이 아닌 피부에 타는 듯한 고통을 주는 게덱이라는 독이었다.

“뜨, 뜨거워!”

“물! 물!”

게덱에 적중된 기사들은 피부가 벗겨지는 듯한 뜨거움에 몸부림을 쳤다.

마치 몸이 화염 속에 뛰어든 것마냥 뜨거웠기에 피부에 손을 댈 수도 없었다.

손을 대면 더 큰 고통이 그들을 괴롭혔다.

그렇게 몇 명의 기사가 무력화됐지만 아직은 반 이상이 더 남아 있었다.

그들은 어쌔신으로 예상되는 자에게 더욱 몰려들었다.

한데 순간,

쉬악!

쉬익!

갑자기 어쌔신의 신형이 늘어났다.

마치 분신술을 쓴 것처럼 두 개의 인영이 더 나타난 것이다.

그 두 개의 인영은 좌우로 펼쳐지더니 앞으로 튀어나갔다.

"이런! 한 명이 아니다!"

"막아라! 저들을 막아!"

이제 보니 어쌔신은 한 명이 아니었다.

드러난 한 명은 시선을 끌기 위함이고 나머지 둘이 진짜였던 것이다.

기사들이 막으려 했지만 알아차렸을 땐 이미 늦은 상황이었다.

어쌔신들은 기사들을 피해 안쪽으로 들어갔고 목표 대상을 향해 다가갔다.

대상은 마법사들이 둘러싸고 있는 중이었다.

"마법을 시전하라!"

"파이어 볼트!(Fire bolt!)"

"라이트닝 미사일!(Lightning missile!)"

"실드!(Shield!)"

어쌔신들을 발견하자마자 마법사들은 즉시 마법을 시전했다.

전방에 있는 자들은 공격 마법으로, 후방에 있는 자들은 그런 그들을 보호하기 위해 방어 마법을 펼쳤다.

어쌔신들은 자신들에게 마법이 날아오는 것을 보면서도 피하거나 멈추지 않았다.

대신 품에서 두루마리를 꺼내더니 즉시 찢었다.

쭈왁!

위이잉!

그러자 그들의 주변에 투명한 방어막이 생겼다.

방어 마법인 실드였다.

어쌔신들이 찢어버린 종이는 마법 두루마리였던 것이다.

터터터텅!

"아, 아니!"

"이런!"

실드 마법은 마법사들의 마법이 파괴되거나 튕겨 나갔다.
대신 실드가 사라졌지만 어쌔신들은 신경 쓰지 않았다.
그사이 마법사들이 있는 곳에 도착했기 때문이다.
차라라락!
어쌔신 한 명이 다시 마법을 시전하려는 마법사들의 발밑으로 무언가를 던졌다.
주문에 신경 쓰느라 마법사들은 그것을 피하지 못했고 결국 끔찍한 일이 벌어졌다.
서거거걱!
“으아아아!”
“내, 내 발!”
쓸어버리듯 던진 물건은 바로 갈고리였다.
갈고리에 걸린 마법사들은 발목이 잘리며 그대로 쓰러졌다.
그리고 그렇게 쓰러져 비어버린 공간으로 남은 어쌔신이 뛰어들었다.
“마, 막아라!”
“안 돼!”
그것을 본 마법사들이 비명을 질렀다.
쫓아오던 기사들은 사색이 되어 외쳤다.
그들은 도대체 누구를 지키고 있기에 이런 다급함을 보이는 것일까.

그 정체는 어쌔신에 의해 드러났다.

어쌔신에 의해 그자의 얼굴이 공개됐기 때문이다.

마법사들의 보호 속에 있던 자는 바로 에드리언 일왕자였다.

일왕자가 공포에 질린 얼굴로 어쩔 줄을 모르고 있었던 것이다.

어쌔신은 드디어 목표 대상에 이르렀다는 생각에 눈을 빛냈다.

그러고는 조금의 망설임도 없이 에드리언 일왕자의 목을 향해 숨겨뒀던 단검을 내질렀다.

"아, 안 돼!"

일왕자는 뒷걸음을 치며 피하려 했다.

하지만 어쌔신의 검은 독사의 머리처럼 빠르게 따라갔다.

그리고 결국,

푹!

우드득!

어쌔신의 단검이 일왕자의 목을 쑤시고 들어갔다.

단검은 목뼈까지 부러뜨리며 확실하게 숨통을 끊었다.

"끄르륵!"

일왕자는 엄청난 고통에 찢어질 크게 눈을 떴다.

그러다 부들부들 떨더니 이내 고개가 꺾였다.

결국 숨을 거둔 것이다.

핏!

어쌔신은 목적한 바를 이루었는데 이후 이상한 행동을 했다.

죽은 일왕자의 상의를 검으로 가르더니 상체를 드러나게 한 것이다.

맨몸이 드러난 에드리언 일왕자를 확인하자 어쌔신의 눈빛이 변했다.

그러더니 갑자기 외쳤다.

"대역이다! 모두 빠져나가라!"

어쌔신의 외침은 놀라운 것이었다.

죽은 자가 에드리언 일왕자가 아니라 대역이라 했기 때문이다.

"네놈들은 이곳을 벗어나지 못할 것이다!"

한데 그것이 사실인 듯 기사와 마법사들의 표정이 변했다.

그들은 일부러 이렇게 되기를 기다렸다는 듯 어쌔신들에게 달려들었다.

이 방은 창문도 없는 지하 공간이었기에 안으로 들어온 어쌔신들은 기사와 마법사들을 제치지 않고서는 나갈 수가 없는 것이다.

하나 어쌔신들의 눈에 당황한 빛은 전혀 보이지 않았다.

세 명의 어쌔신은 품에서 또 무언가를 꺼내더니 바닥에 던졌다.

펑! 퍼퍼펑!

푸화아아악!

어쌔신들의 행동에 방 안이 연기로 휩싸였다.

"연막탄이다! 빠져나가지 못하게 막아!"

어쌔신들이 던진 건 바로 연막탄이었다.

그 때문에 환기가 되지 않는 방 안은 완전히 연기에 뒤덮였다.

기사와 마법사들은 유일하게 있는 통로를 막으려 했는데, 순간 움찔거렸다.

머리가 핑 도는 느낌을 받았기 때문이다.

"독연막이다!"

"이런 미친놈들!"

연기는 시야만 가리는 것이 아니라 독 성분까지 함유돼 있었다.

한 치 앞도 보기 힘든 상황에서 기사와 마법사들 모두 밖으로 후퇴할 수밖에 없었다.

계속 있다가는 살아남지 못할 수 있기 때문이다.

결국 모두 밖으로 나간 후 그들은 어쌔신들이 나오기를 기다렸다.

기사와 마법사들이 통로와 가까웠으니 먼저 빠져나가지는 못했을 거라 여겼다.

그러는 와중 흡수된 독을 마나로 밀어냈다. 다행히 강력한 독이 아니라 금방 몰아낼 수 있었다.

그런데 시간이 지나도 아무도 나오는 자들이 없었다.

독연이 다 빠질 때까지 기다렸는데도 단 한 명도 나오지 않았다.

"여기서 지키고 있을 테니 확인해 봐라."

"알겠습니다."

상급자의 명령에 기사들이 안으로 들어갔다.

"이런……. 없군."

방 안에 어쌔신들의 시신은 없었다.

부상당한 듯 핏자국은 있었지만 한순간에 끊겼다.

기사들은 일왕자의 대역의 숨을 확인했다.

역시나 살아 있지 않았다.

"젠장."

그에 기사들은 욕지거리를 내뱉으며 대역의 시신을 거둬 밖으로 나갔다.

"어찌 됐느냐?"

기사들이 나오자 기다리고 있던 상급자가 물었다.

"어디로 갔는지 보이지 않습니다. 핏자국으로 보아 상처를 입은 거 같긴 한데 그것마저도 흔적이 끊겼습니다."

으득.

보고에 상급자는 이를 갈았다.

그러더니 고개를 끄덕였다.

"알겠다. 너희는 이곳을 수습하도록. 난 보고를 올리겠다."

"예. 그럼."

상급자는 이내 어딘가로 움직였다.

그런데 그가 가는 곳은 에드리언 일왕자의 처소인 태양 별궁이 아니라 다른 곳이었다.

그자는 경계를 하듯 은밀하게 움직였고 잠시 후, 아까와 비슷한 장소에 도착했다.

그곳은 엄청나게 많은 병력이 주둔하고 있었다. 거기다 숨어 있는 자들까지 있는지 곳곳에서 알 수 없는 느낌이 전해져 왔다.

이내 그는 어떤 방 앞에 도착했고 그자를 확인한 기사가 문을 열었다.

그리고 그의 눈앞에 에드리언 일왕자의 모습이 들어왔다.

CHAPTER 09
어원 후작 암살 작전

"어떻게 됐느냐?"

상급자를 보자마자 에드리언 일왕자가 물었다.

그에 상급자가 굳은 표정으로 대답했다.

"대역은 죽고 어쌔신들은 모두 놓쳤습니다."

"이런 멍청이들!"

쾅!

일왕자가 탁자를 내려치며 벌떡 일어섰다. 얼마나 화가 났는지 얼굴은 시뻘게져 있었다.

"이번이 몇 번째냐! 그놈들이 올 것을 알고 있었으면서도 놓쳐? 거기다 대역이 죽었다는 건 만약 내가 거기에 있었다면 나 역시 죽음을 면치 못했다는 거 아니냐!"

에드리언 일왕자는 고래고래 소리를 질렀다.

일왕자는 흥분할 수밖에 없었다. 며칠째 어쌔신의 습격으로 위협을 받고 있었기 때문이다.

어쌔신의 습격으로 위급했던 적이 한두 번이 아니었고 지금에 와서는 태양 별궁을 나와 다른 곳에서 지내고 있을 정도였다.

"제기랄!"

다른 때였다면 이렇게 위험할 리가 없었다. 그런데 지금은 아니었다. 노미디스 제국을 상대하기 위해 전력 대부분을 리프나이더 후작과 함께 보낸 탓에 호위 병력의 질이 떨어졌다. 더욱 중요한 건 암습을 하는 어쌔신 길드가 생각보다 너무 강한 것이 결정적이었다.

다행히 외할아버지인 브랜던 공작이 공작가의 기사들을 보내준 덕분에 안전을 유지하고 있지, 그마저도 없었다면 정말 잘못됐을지도 몰랐다.

"델핀 이 개자식!"

에드리언 일왕자는 어쌔신을 사주한 것이 누군지 알고 있었다.

당연히 델핀 이왕자였다. 그가 아니고서는 이런 일을 꾸밀 사람이 없었기 때문이다.

한데 중요한 건 델핀 이왕자만이 청부를 한 것이 아니었다.

그 역시 어쌔신 길드에 델핀 이왕자 암살을 의뢰했고 현재 이왕자 역시 똑같이 분노하고 있는 상황이었다.

이들은 그러면서도 상대를 더욱 나쁜 놈이라 깎아내리고 있었다.

그렇게 화를 내고 있는 그때 또 다른 사람이 나타났다. 바로 일왕자의 참모인 캐플런 백작이었다.

백작을 보자마자 일왕자가 물었다.

"에르드간에선 뭐라고 하였소? 이번엔 델핀 그놈을 처리할 수 있다고 했소?"

일왕자 쪽은 삼대 어쌔신 길드 중 에르드간에 청부를 넣었다. 그 정도는 돼야 가능하다 여긴 것이다.

캐플런 백작이 말했다.

"역시나 방어가 철저해 확신할 수는 없다고 합니다. 결과를 기다려 달랍니다."

"밥버러지 같은 것들! 돈을 그렇게나 많이 쳐 받고도 아직도 처리하지 못하다니!"

일왕자는 화가 나 악다구니를 썼고 캐플런 백작은 그것을 조용히 지켜보기만 했다.

잠시 후 조금 분을 삭인 일왕자가 물었다.

"그나저나 이왕자 쪽이 청부를 넣은 길드는 알아냈소? 오늘 답해준다 하지 않았소."

"레이숀 길드라고 합니다."

"역시 삼대 길드 중 하나였군. 이놈들, 델핀만 처리하고 나면 이 개자식들을 싹 쓸어버리고 말 것이다."

일왕자는 삼대 어쌔신 길드 중 하나임을 어느 정도 예상하고 있었다. 그렇지 않다면 이렇게 자신이 태양 별궁에서 나와 숨어 있을 필요도 없을 것이기 때문이다.

에르드간이나 레이숀이나 삼대 어쌔신 길드에 속해 있기에 보통 실력이 아니었고, 두 길드가 작심하고 나선 이상 왕자들이 어려움에 처하는 것이 당연했다.

"어쌔신 놈들을 처리하기 위해 함정도 파보고, 대역까지 썼는데 전부 실패로군. 이젠 대역이 전부 죽어 바깥으로 나설 수도 없게 됐소."

에드리언 일왕자의 짜증은 극에 달해 있었다. 처음으로 목숨의 위협을 느끼고 있으니 당연했다.

캐플런 백작은 그것을 알고 조심스럽게 대했다. 잘못하면 이성을 잃을 수도 있기 때문이다.

"저하, 그래서 말인데 다른 방법을 써는 것은 어떻겠습니까?"

"다른 방법?"

"예, 지금 델핀 이왕자와 서로 어쌔신을 통한 암살을 노리고 있는데 사실 쉬운 일이 아닙니다. 그쪽이나 우리나 전력이 빠져나가는 바람에 호위의 질이 떨어졌지만 그래도 왕궁 안에서 암습은 어려운 일이니까요. 더구나 암습이 있을 것을 예상하고 경계심이 극에 달한 상태니 제가 보기엔 거의 불가능에 가깝다 여겨집니다.”

일왕자가 무슨 소리냐는 듯 인상을 썼다.

“그럼 쓸데없는 일이니 그냥 포기하라는 말이오? 이 고생을 하고 있는데?”

“그럴 리가 있겠습니까. 암습에 대한 위협은 그대로 주면서 또 다른 방식으로 공격을 하자는 것이지요.”

“음…….”

일왕자가 조금 호기심 어린 반응을 보였다.

“생각해 둔 것이 있소?”

“예, 클레어몬트를 이용해 보는 것이 어떨까 싶습니다.”

“클레어몬트? 클레어몬트라면 이전 시어스 제국에서 로즈에 대한 청부를 넣었던 곳 아니오.”

일왕자는 클레이몬트를 기억하고 있었다. 동국 연합 정기회합 때문에 시어스 제국에 갔을 때 로즈 공주를 죽여 달라는 청부를 넣은 적이 있었기 때문이다.

그때 로즈 공주를 죽인 줄 알았는데 실패를 했고, 이후 클레이몬트는 일왕자에게 다른 일로 보상하기로 약속을 했었다.

“맞습니다. 바로 그곳을 말하는 겁니다. 로즈 공주 청부 실패로 그들은 우리에게 보상하기로 했으니 이번 일에 이용해 보는 것이 어떨까 싶습니다.”

"음, 그들이 도움이 되겠소? 대놓고 드러낼 수 없는 일에 그들이 할 만한 게 뭐가 있겠소. 거기다 로즈 공주도 처리하지 못했는데 델핀을 어떻게. 쯧쯧."

일왕자는 부정적으로 봤다. 로즈 공주를 처리하지 못한 게 그런 인식을 가져왔다.

"로즈 공주 청부를 실패하긴 했지만 그건 실력이 모자라서가 아니라 사정이 있었던 것으로 보입니다. 그리고 그들이 어쌔신 길드는 아니지만 청부 길드인 만큼 암살에도 능하다고 하더군요. 자신들에게 기회만 준다면 꼭 성공시켜 보이겠답니다."

"그 말은 그쪽에서 먼저 접촉을 해왔단 것이오?"

"그렇습니다. 어떻게 알았는지 접촉을 해왔습니다. 물어보니 청부 길드인 만큼 정보 쪽에도 상당히 능력이 있는 듯 보였습니다."

"다른 의중이 있는 것은 아니오? 델핀이 꾸민 일일 수도 있지 않소?"

"그것은 알 수 없지만 분위기로 봐서 그렇진 않은 듯했습니다. 그보단 오히려 에르드간처럼 확실한 줄을 대기 위함으로 보였습니다."

"줄을?"

"예, 이왕자를 죽이면 에르드간과 관계를 가져가기로 한 것처럼 그들 역시 그러기를 원했습니다. 이번이 기회임을 안 것이지요."

"음……."

확실히 그렇게 볼 수 있었다. 만약 두 왕자의 암살 전쟁을 알게 됐다면 둘 중 한 명이 곧 왕좌를 얻게 됨을 알 것이고 그걸 예상하고 제의하는 것일 수 있었다.

"백작이 보기에 어떻소?"

"나쁘지 않다고 봅니다. 클레어몬트가 청부 길드 중에선 최고이니 실력에서도 에르드간에 딸리지 않을 정도일 겁니다. 그러니 도와주겠다는 걸 거부할 필요는 없지요. 우리가 이길 가능성은 더 높아지는 걸 테니까요."

"그렇군."

백작의 말에 결국 일왕자는 결정을 내렸다.

"좋소. 그럼 클레어몬트에게 제의를 받아들이겠다고 하시오."

"알겠습니다. 그럼 제가 직접 만나 어떤 계획이 있는 알아보도록 하겠습니다."

"그리하시오."

에드리언 일왕자는 고개를 끄덕이며 나가보라 손짓했다.

그에 캐플런 백작은 예를 취한 후 바로 클레어몬트를 만나기 위해 움직였다.

*　*　*

쿠건 백작이 죽은 후 네바로 왕국군과 비톤 성의 병력은 소강상태에 들어갔다.

그것은 코랄 후작이 도착한 이후에도 변하지 않았다. 밀렘 후작이 어느 정도 몸을 회복했음에도 비톤 성에 대한 공격은 이루어지지 않고 있었다.

비톤 성 병력은 그런 네바로 왕국군을 예의 주시했다. 언제 다시 공격해 올지 모르기에 한 치도 방심할 수가 없었다.

그렇게 시간은 계속 흘렀는데, 어느 날 갑자기 비톤 성 수뇌부 전체에 소집 명령이 떨어졌다.

그에 수뇌부 모두 전투작전실로 모였다.

당연히 그 자리엔 그레이너도 있었다.

웅성웅성!

비톤 성의 전투작전실.

전투작전실엔 이미 비톤 성 수뇌부 대부분이 자리를 하고 있었다.

그레이너는 물론 라티고 영지 치안 책임자인 키너 남작, 대리 영주인 뒤리스 공 등 몇 명을 빼고는 모두 자리를 한 상태였다.

"허험."

그러다 잠시 후, 나머지 사람들이 나타났다. 바로 바우어 자작과 국경 수비대의 레인저 집단인 벨렌 부대의 대장 코로나도였다.

바우어 자작은 들어서자마자 그레이너와 바바크 백작을 발견하고는 가볍게 예를 취했다. 두 사람이 고개를 끄덕이자 자작이 입을 열었다.

"이렇게 갑자기 소집해 미안합니다. 급하게 중요한 정보를 입수한 탓에 이렇게 모이라 했으니 모두 이해해 주시기 바랍니다."

바우어 자작의 말에 사람들의 표정에 의문이 떠올랐다. 어떤 정보이기에 자작이 이런 말을 한단 말인가.

자작은 대답 대신 코로나도에게 시선을 돌렸다.

그러자 코로나도가 앞으로 나섰다.

"아실지 모르겠지만 여러분이 네바로 왕국군을 주시하고 있을 때 저희 벨렌 부대는 네바로 국경 수비대 쪽을 감시하고 있었습니다. 네바로 왕국의 원군이 오거나 수상한 움직임을 미연에 알아내기 위해 그곳에 주둔하고 있지요."

"음."

아는 자들도 있었지만 모르는 자들이 대부분인지 이제야 알았다는 듯 고개를 끄덕였다.

"그렇게 계속 감시를 하고 있었는데 삼 일 전 중요한 정보를 입수했습니다. 산속에 숨어 네바로 국경 수비대의 병사들의 이야기를 듣는 와중 며칠 후 중요한 자가 이곳으로 온다는 대화를 들은 것입니다."

"중요한 자?"

사람들의 표정이 살짝 변했다. '중요한 자'가 뜻하는 것이 왠지 불안한 느낌을 들게 했기 때문이다.

"처음엔 그자가 누군지 알 수 없었습니다. 병사들도 자세히 알지 못하는지 이름을 말하지 않았으니까요. 저는 그게 왠지 마음에 걸려 부대원들에게 감시를 강화하라 했고, 결국 어제 그 사람이 누군지 알게 되었습니다."

"그자가 누군가?"

궁금했는지 바바크 백작이 물었다.

코로나도가 즉시 대답했다.

"바로 어윈 후작이었습니다."

"어, 어윈 후작?"

"헉!"

코로나도의 대답에 전투작전실의 공기가 변했다.

그 이유는 어윈 후작이 네바로 왕국의 또 다른 소드마스터였기 때문이다.

어윈 후작은 네바로 왕국의 가장 강력한 소드마스터로 기사의 서열이 무려 8위였다. 그는 포이즌 우드 대륙에서 열손가락 안에 들어가는 실력자로, 상위권의 다른 소드마스터들도 쉽게 상대하지 못할 정도였다.

사람들 대부분의 표정이 심각하게 굳어졌다.

어윈 후작의 이름은 그들에게 무거운 중압감을 가지고 왔다. 밀렘 후작도 마음을 무겁게 만들었지만 어윈 후작은 차원이 달랐다. 그 정도로 어윈 후작의 이름은 아즈라 왕국에도 잘 알려져 있는 것이다.

"그게 정말인가? 정말 어윈 후작이 온다고 했단 말인가?"

"그렇습니다. 정보를 가져온 부대원이 기사가 병사들에게 하는 이야기를 확실히 들었다고 했습니다. 며칠 후 어윈 후작이 올지 모르니 주변을 정리하라고요. 네바로 국경 수비대가 어수선한 것을 확인했으니 사실이 확실해 보입니다."

"이런, 어윈 후작이라니……"

바바크 백작은 심각한 반응을 보였다.

하지만 다른 이들은 달랐다. 새로 합류한 그와 달리 원래 있던 자들은 심각하면서도 어느 정도 예상을 한 눈치였다.

사실 알 수밖에 없었다. 밀렘 후작이 그레이너에게 당한 후 비톤 성을 어쩌지 못하고 있었다. 결국 이 상황을 해결하려면 소드마스터가 필요했고 어윈 후작이 나설 수밖에 없는 것이었다.

결국 모두의 시선이 그레이너를 향했다. 말은 하지 못하지만 어윈 후작이 온다면 또 그에게 의지할 수밖에 없는 것이다.

코로나도 역시 그걸 알기에 그레이너에게 보고하듯 말하는 중이었다.

"해서 그 소식을 듣자마자 제가 직접 달려왔고 이렇게 말씀을 드리는 겁니다."

"……."

그레이너는 아무 말도 하지 않았다.

그에 덩달아 전투작전실도 조용해졌다. 모두 그레이너가 어떤 말이라도 꺼내길 바랐기 때문이다.

마침내 그레이너가 입을 열었다.

"어윈 후작이 네바로 국경 수비대에 도착한다는 날이 언젠가?"

"대략 5일 후라고 합니다."

"같이 오는 병력은?"

"기사 몇 명만 동원할 듯 보입니다. 현재 네바로 왕국군에 필요한 건 소드마스터의 존재니까요."

사람들이 고개를 끄덕였다. 네바로 왕국군이 공격을 하지 못하고 있는 건 지휘관들의 부재가 가장 큰 이유였다. 병력에는 그다지 큰 손실이 없는 상황이었기에 많은 원군은 필요가 없었다.

오직 필요한 건 소드마스터인 어윈 후작뿐이었다.

그때 코로나도가 슬며시 물었다.

"로건 님, 제가 한 말씀 올려도 되겠습니까?"

"말해보게."

"어윈 후작의 소식을 듣고 비톤 성까지 달려오는 와중 많은 생각을 했습니다. 어떻게 대처해야 할지 여러 가지 생각이 떠오르더군요. 그러다 한 가지 계책이 떠올랐는데……."

"계책? 뭔가?"

마음이 급했는지 바우어 자작이 물었다.

그레이너도 동의했다.

"들어보지."

"예, 여기 있는 모두가 알다시피 어윈 후작이 네바로 왕국군에 합류하면 저희에겐 굉장한 타격이 될 겁니다. 로건 님의 실력을 믿지만 두 명의 소드마스터를, 그것도 밀렘 후작뿐 아니라 어윈 후작까지 상대하는 건 쉬운 일이 아니지요. 때문에 오는 내내 어윈 후작이 여기에 오는 것을 막아야 한다는 생각이 떠나질 않았습니다."

"음."

맞다는 듯 사람들이 고개를 끄덕였다.

"그러면 어떻게 해야 될까 고민을 했는데, 해답은 금방 찾을 수 있었습니다. 바로 어윈 후작을 오지 못하게 만드는 것이었습니다."

자작이 물었다.

"오지 못하게? 어떻게 말인가?"

"방법은 간단합니다. 중간에 어윈 후작을 암살하는 겁니다."

"암살……."

사람들의 눈이 빛났다.

"어윈 후작이 오는 경로는 정해져 있으니 계획된 곳에 자리를 잡아 그를 기다리는 겁니다. 미리 함정을 파놓고 그가 지나가게 됐을 때 습격을 해 처리하는 것이지요. 아마 어윈 후작은 습격을 전혀 생각지 못할 것이고 제대로 실행만 된다면 충분히 가능성이 있지 않을까 싶습니다."

"음, 가능할 것이네. 설마 우리가 기다리고 있을 거라곤 생각도 못할 테니까."

"맞습니다. 아무리 어윈 후작이라도 당황하지 않을 수 없을 겁니다. 하지만 이 일은 중요한 요구 조건이 있습니다. 바로……."

코로나도의 시선이 그레이너를 향했다.

다른 이들도 마찬가지였다. 코로나도가 말하지 않아도 모두 알고 있었다.

"바로 로건 님이십니다. 어윈 후작이 당황하긴 하겠지만 소드마스터이니 함정을 헤쳐 나올 수 있을 겁니다. 아니, 오히려 우리가 위험해질 수 있겠지요. 해서 로건 님의 힘이 필요합니다. 어윈 후작을 상대하실 분은 로건 님뿐이니까요."

그레이너는 이미 예상하고 있었다. 어윈 후작을 상대하는 일인데 자신이 필요하지 않을 리가 없는 것이다.

그는 잠시 뭔가를 생각하더니 고개를 끄덕였다.

"좋네. 그 작전대로 해보기로 하지."

"감사합니다."

코로나도의 얼굴에 미소가 지어졌다. 자신의 계획이 받아들여진 것이다.

그러자 이내 바우어 자작이 물었다.

"그럼 암습은 어디쯤에서 하는 것이 좋을지 생각해 봤나? 아무래도 그쪽 지형은 자네가 잘 아니 생각해 둔 곳이 있을 것 아닌가."

"여러 곳을 고민해 봤는데, 전 여기쯤이 어떨까 합니다."

코로나도는 지도를 보더니 한곳을 가리켰다.

그것을 보고 자작이나 사람들이 놀란 반응을 보였다.

그 이유는 코로나도가 찍은 곳이 네바로 왕국의 마지막 영지인 드리오 영지와 네바로 국경 수비대의 중간 지점이었기 때문이다.

"거기는 네바로 국경 수비대로 가는 길목 아닌가? 자네 설마 국경을 넘어가자는 말인가?"

"맞습니다. 그래야 가장 효과적인 함정이 될 수 있기 때문입니다. 만약 어윈 후작이 네바로 국경 수비대를 지나치면 그때부터 경계심을 가질 겁니다. 네바로 왕국의 영토가 아닌 아즈라 왕국의 영토니까요. 하지만 네바로 국경 수비대에 가기 전인 길목이라면 어떻겠습니까? 당연히 경계심이 없을 겁니다. 네바로 왕국의 영토에서 누군가를 경계할 일이 없으니까요."

"음……."

"더구나 어윈 후작이 네바로 국경 수비대를 지나게 되면 국경 수비대 쪽에서 호위 병력을 붙일지 모릅니다. 우리 아즈라 왕국의 영토에 들어서게 되니 대비를 하는 것이지요. 그럼 암습은 더 힘들어지고 실패할 확률이 높아질 겁니다. 그렇기 때문에 국경을 넘어 네바로 영토에서 어윈 후작을 공격해야 하는 겁니다."

듣고 보니 일리가 있었다. 확실히 네바로 국경 수비대를 지난다면 호위 병력이 붙을 가능성이 높았다.

가만히 듣고 있던 바바크 백작이 동의했다.

"그 말이 맞는 것 같네. 자국의 영토에서 적인 우리의 암습을 받는 건 생각도 하지 못할 거네. 그 작은 차이가 작전의 성공률을 더 높여줄 것이야. 문제는 국경을 어떻게 넘어가냐는 것이겠지."

코로나도가 즉각 답했다.

"그건 문제없습니다. 저희 부대는 이미 아스퀴 산맥을 속속들이 탐색했고 네바로 국경 수비대가 모르게 움직일 만한 숨겨진 길 또한 잘 알고 있습니다. 대신 걸리는 것이 있다면 많은 인원이 움직일 수 없다는 겁니다. 일의 특성상 소수 정예가 투입돼야 할 듯합니다."

"그래야겠지. 나 역시 그래야 한다고 생각하네. 로건 님, 어떻습니까?"

바우어 자작은 마지막으로 그레이너에게 물었다. 결국 여기서 최고 상급자는 그레이너였고 그가 허락해야 이 작전을 실행에 옮길 수 있었다.

그레이너는 동의했다.

"그리하시오."

"알겠습니다."

결정이 내려지자 전투작전실은 암습에 대한 세부적인 회의에 들어갔다.

중간 길목 중 어디가 적당할지, 또 어떤 함정을 준비해야 할지, 그리고 작전에 투입될 기사들은 누가 될지 등 여러 가지를 생각하고 결정을 내렸다.

몇 시간 뒤, 모든 것이 결정되자 바우어 자작이 말했다.

"자, 그럼 작전을 위해 모두 준비를 해주게. 특히 시한, 자네는 기사들에게 잘 일러두고."

이번에 투입될 기사들은 시한이 대장으로 있는 콜더 부대가 맡기로 했다.

국경 수비대에서 언제나 코로나도와 티격태격하더니, 코로나도와 벨렌 부대가 나선다면 자신도 부대원들과 함께 나서겠다 시한이 우긴 것이다.

바우어 자작은 시한과 콜터 부대의 실력을 잘 알기에 그것을 허락했다.

더구나 코로나도와 다툼을 벌이지만 둘 다 진짜 싫어서 그런 것이 아님을 알기에 믿고 맡기기로 했다.

"알겠습니다."

"그리고 모두 알아두게. 이 작전에 대한 건 절대 새어나가선 안 되네. 우리의 운명이 걸린 일이 될 수도 있으니 아무에게도 말해선 안 될 것이야. 모두 알겠나?"

"예, 알겠습니다."

바우어 자작은 부하들에게 다짐을 받았고 부하들은 추호도 말하지 않겠다는 듯 굳은 눈빛을 보였다.

그렇게 어윈 후작 암살 작전은 수립이 되었고 모두 준비에 들어갔다.

시한은 작전에 투입될 기사들에게만 은밀히 소식을 알렸고 떠날 채비를 했다.

그 외에 다른 것은 참모인 해럴드가 맡아 작업에 들어갔다.

그리고 가장 중요한 역할인 그레이너는 바바크 백작의 방문을 맞아야 했다. 백작은 그를 로건으로 알고 있는 만큼 그레이너는 장단을 맞춰주었다.

그런데 의아한 건 데비아니의 모습이 보이지 않는다는 것이었다.

바바크 백작은 그녀에 대해 거의 신경을 쓰지 않기에 그에 대해 물어보지 않았고, 그레이너도 일부러 나서서 그녀가 없는 이유를 말하지 않았다.

결국 다음 날, 모두 잠들어 있는 새벽 그레이너를 위신한 일행이 비톤 성을 떠났다.

바바크 백작과 바우어 자작 등은 보이지 않는 곳에서 그들이 성공하고 돌아오기를 빌었다.

CHAPTER 10
아비게일 후작의 도착

"어찌 됐느냐?"

"다행히 아직 우리 쪽에는 신경을 쓰지 않고 있지만 분위기가 좋지 않습니다. 당장에라도 일이 벌어질 것 같은 그런 살벌한 기운이 흘러나옵니다."

솔라즈 아즈라 왕성.

로즈 공주의 처소인 장미 별궁에서 데미안과 수련 기사 대장 노튼이 이야기를 나누고 있었다.

그들의 모습은 긴장감이 가득했다. 마치 금방이라도 큰일이 벌어질 것처럼 경계심을 품고 있었다.

이들이 장미 별궁 안에서 극도로 조심스럽게 대화를 나누고 있는 이유는 에드리언 일왕자와 델핀 이왕자의 암살 전쟁 때문이었다.

드러내진 않았지만 두 사람의 암살 전쟁은 알 만한 사람은 모두 알고 있었다. 매일매일 두 파벌의 병력이 긴장 가득한 모습을 보이고 병장기 소리가 울리니 모르려야 모를 수가 없는 것이다.

로즈 공주 쪽은 설마 그들이 이런 일을 벌일 거라곤 생각도 하지 못했다. 보통 상황도 아니고 서국 연합 세 나라가 쳐들어와 왕국이 위험한데 어찌 이런 걸 생각이나 했겠는가. 황당할 정도였다.

하지만 놀라고만 있을 수도 없었다. 이 드러나지 않는 전쟁으로 인해 한쪽이 죽는다면 공주도 위험해지기 때문이다. 그렇기에 덩달아 로즈 공주도 두 왕자의 상황을 모른 척하고 있을 수가 없었다.

해서 사실을 안 이후부터 장미 별궁도 경계 태세에 들어갔고 매일 상황을 알아보는 중이었다.

"그렇다면 아직까지 마음을 놓아도 되겠구나."

"그렇긴 합니다만 우리의 눈치도 보는 듯합니다. 혹시라도 몸을 숨길까 봐 말입니다. 그렇게 되면 쪽을 처리해도 남은 공주 마마로 인해 골치 아파질 테니까요."

"그렇겠지."

"혹시 모르니 지금이라도 공주 마마께 말씀드려 보는 것이 어떻습니까? 암습의 위협이 없더라도 두 왕자처럼 몸을 숨기는 것이 좋을 것 같습니다. 지금은 암습이 없더라도 언제 목표가 될지 모르지 않습니까?"

"그건 공주 마마께서도 알고 계신다. 하지만 역시나 움직이지 않는 게 좋다 여기신다. 섣불리 움직였다가 오히려 그들이 우선 목표로 삼을 수 있으니까. 지금으로선 나 역시 마찬가지 생각이고 말이다."

"알겠습니다."

데미안은 몇 가지를 더 물어보고는 이내 노튼을 돌려보냈다.

그가 공주의 방에 들어서자 기다리던 로즈 공주가 굳은 표정으로 물었다.

"어떻다고 하나요?"

"역시나 마찬가지랍니다. 양쪽 다 무거운 분위기 속에 은밀히 신경전을 벌이고 있다고 합니다. 다행히 아직 우리 쪽은 관심을 두진 않는 것 같고요."

"그렇군요."

로즈 공주는 안도의 한숨을 내쉬었다.

최근 그 어느 때보다 그녀는 긴장하고 있었다. 두 왕자 중 한 명만 잘못되어도 그녀 역시 위험해지기에 하루하루가 살얼음을 걷는 기분이었다.

로즈 공주를 안정시키려는 듯 데미안이 말했다.

"드러내 놓고 싸우는 것이 아니라 둘 다 더 조심스러울 겁니다. 최악의 상황은 벌어지지 않을 것이니 걱정하시 마십시오."

"저도 그렇게 생각하곤 있어요. 지금 상황에서 저들의 싸움은 당당할 수 없는 것이니까요."

"나라가 어려운 와중 지금 자신들의 행동이 알려진다면 백성 모두가 등을 돌릴 것을 알 겁니다. 명분이 중요한 왕위에 그런 일이 벌어지는 건 원치 않겠지요. 때문에 조심에 또 조심할 거고 행동에 제약이 갈 수밖에 없을 겁니다. 결국 결과는 정해져 있는 거지요. 두 왕자 모두 무엇도 얻지 못한 채 포기하게 될 겁니다."

"지금으로선 그렇게 되는 것이 가장 좋겠지요."

현재 공주 쪽은 뾰족한 수가 없었다. 바깥은 전쟁으로 어수선하고 안인 왕궁은 암살 전쟁으로 긴장감이 흘렀다. 때문에 누구도 그녀에게 신경 쓰지 못하고 있었다. 어느 날 갑자기 시체가 되더라도 아무도 모를 정도였다.

때문에 어이없지만 그녀는 두 왕자의 신상에 아무 일도 벌어지지 않기를 바라야 했다. 그것이 그녀가 사는 길이기 때문이다.

로즈 공주의 심란한 모습에 데미안이 다가가 손을 잡아주었다. 그는 무슨 일이 있어도 자신이 지켜주겠다는 듯 굳은 눈빛을 보여줬다.

"데미안 경."

그에 로즈 공주는 미소를 지으며 화답했다. 그녀도 그를 믿고 있다는 듯 고개를 끄덕였다.

그런데 그때였다.

"공주 마마."

밖에서 시녀가 부르는 소리가 갑자기 들려왔다.

"흐흠."

놀란 데미안은 급히 공주의 손을 놓았다.

로즈 공주도 살짝 당황하다가 표정을 바로 하고는 답했다.

"무슨 일이냐?"

"손님이 찾아오셨습니다."

"손님?"

데미안과 로즈 공주가 동시에 서로를 바라봤다. 찾아올 만한 사람이 전혀 없었기 때문이다.

데미안이 물었다.

"누구라고 하더냐?"

"데비아니라는 분입니다."

"데비아니?"

데미안은 처음 들어보는 이름이었다.

혹시 로즈 공주가 아는가 싶어 시선을 주자 그녀도 모른다는 듯 고개를 저었다.

"이름을 보아 여자인 건 같은데, 어떻게 하시겠습니까? 상황이 상황이니만큼 안 만나는 것이 좋을 것 같은데요. 두 왕자가 보낸 암살자일 수도 있고요."

"그럴까요? 하지만 이렇게 눈에 보이게 일을 벌이진 않을 것 같은데요."

"마마의 말씀이 맞지만 모르지 않습니까. 허를 찔러 암습을 노리는지도요."

"음, 그런 상황도 생각해 볼 수 있겠네요."

두 사람은 결정을 내리지 못했다. 왕궁의 분위기가 좋지 않다보니 손님을 만나는 것도 판단하기 쉽지 않은 것이다.

그렇게 어쩌지 못하고 있는 그때,

"겁이 많은 커플이군."

갑자기 방 안에서 누군가의 목소리가 들려왔다.

화들짝 놀란 데미안이 로즈 공주를 등 뒤로 숨기며 경계 태세를 취했다.

그러며 즉시 검을 뽑아 자세를 취했다.

"누구냐!"

목소리가 들린 곳에는 한 사람이 서 있었다. 갈색 머리에 하얗고 매끈한 피부를 가진 미녀였는데 처음 보는 얼굴이었다.

상대가 여리여리한 미녀였지만 데미안은 극도의 긴장을 하고 있었다.

얼마 전 익스퍼트 상급에 오른 이후 그는 자신의 실력에 믿음을 가지게 되었다. 웬만한 실력을 가진 자가 아니면 그를 상대조차 하지 못하리라 여길 정도로 몸 전체에 힘이 충만했다.

그런데 그런 그가 여인이 안으로 들어온 것조차 알지 못했다.

그 말은 곧 여인이 자신보다 강하거나 어쌔신일 수 있다는 뜻이기에 경계심을 가질 수밖에 없는 것이다.

"누구긴 누구겠느냐, 손님이지. 한 나라의 공주 처소니 기본 예의는 차려주려고 했는데 너무 오래 걸리더군. 그래서 그냥 들어왔으니 날 탓하진 말거라."

여인은 굉장히 여유로웠다. 공주의 방에 침입했음에도 꺼리거나 긴장한 모습이 전혀 없었다.

당연히 데미안은 경계심을 더 키웠다. 상대가 여유롭다는 건 그만큼 자신이 있다는 뜻이기 때문이다.

"누구냐고 물었다."

"누구냐고 물었다?"

순간, 잔잔하던 여인의 분위기가 바뀌었다.

여인의 몸에서 범접할 수 없는 힘이 풍겨 나왔다.

"함부로 말하지 않는 것이 좋을 것이다. 로건이 아닌 이상 널 봐줄 이유는 없으니."

'우욱!'

데미안의 눈이 찢어질 듯 커졌다.

여인이 내뿜은 기운에 숨 쉬기조차 힘들었기 때문이다.

'사람이 이런 힘을 가질 수 있단 말인가?'

데미안은 눈으로 보고도 믿을 수가 없었다.

이런 위압감은 생전 처음 느껴보는 것이었기 때문이다.

이내 데미안이 알아들었을 거라 여긴 여인은 기운을 내뿜던 것을 멈췄다.

그에 데미안은 겨우 압박에서 벗어날 수 있었다.

"휴우."

그제야 데미안은 안도의 한숨을 내쉬었다.

한편, 뒤에 있던 로즈 공주는 여인이 범상치 않은 사람임을 알 수 있었다. 여인의 기운은 데미안만을 향했지만 충분히 어떤 상황이 벌어졌는지 공주는 짐작할 수 있었다.

그에 잠시 무언가를 생각하던 그녀는 이윽고 자신이 앞으로 나섰다.

"불미스러운 일로 기분이 상하셨다면 죄송합니다. 제 상황이 좋지 않아 방문 요청을 바로 답하지 못하였으니 너그러이 이해해 주시기 바랍니다."

"훗."

로즈 공주의 말에 여인이 미소를 지었다.

"공주가 바보는 아니군, 눈치가 있는 것을 보면."

"다행히 그렇습니다. 저를 만나러 오셨다 하니 여기로 앉으시지요."

"그러지."

여인은 이내 로즈 공주가 가리킨 의자에 가서 앉았다.

공주는 반대편에 앉았고 데미안은 굳은 얼굴로 그녀의 뒤에 섰다.

"아까 시녀가 데비아니 님이라 그랬는데 맞으신지요?"

"그렇다."

여인의 정체는 바로 드래곤 데비아니였다. 놀랍게도 로건의 곁에 있어야 할 그녀가 솔라즈에, 그것도 왕궁의 공주를 만나기 위해 와 있었다.

"무슨 일로 저를 만나려 하셨는지요?"

"사실 널 만난다 했지만, 볼일은 저 녀석에게 있다."

데비아니가 데미안을 가리켰다.

데미안의 표정이 살짝 변했다.

"저를 말입니까?"

어느새 그의 말투도 변해 있었다. 공주가 하는 것을 보고 상대의 신분이 심상치 않음을 눈치챈 것이다.

"받아라."

데비아니는 품에서 무언가를 꺼내 데미안에게 내밀었다. 어떤 조그마한 상자와 두루마리였다.

데미안은 두 가지를 받아 먼저 두루마리를 풀어보았다. 그러곤 안의 내용을 읽기 시작했다.

"이건!"

얼마 있지 않아 데미안의 눈이 커졌다. 그는 놀란 얼굴로 공주에게 말했다.

"공주 마마, 이건 형님께서 보낸 서신입니다."

"그분께서요?"

공주도 놀란 반응을 보였다. 데미안과 신분을 바꾼 이후 전혀 소식을 듣지 못했었기 때문이다. 그렇지 않아도 그녀는 궁금해하던 차였다.

"서신에 그분께서 뭐라고 적어놓으셨나요?"

"그게……."

공주의 물음에 왜 그런지 데미안이 대답을 하지 못했다.

로즈 공주는 그것을 이상하게 여겼지만 물어볼 수 없었다. 데비아니가 말을 꺼냈기 때문이다.

"잠깐, 지금 형이라고 했느냐?"

"예? 그것이……."

데미안은 쉽게 대답을 하지 못했다. 그레이너의 서신을 가져왔기에 친분이 있는 사이라 생각했는데 질문을 보니 그렇지 않아 보였기 때문이다. 그레이너의 신분을 모른다면 대답해 줄 수 없는 문제였다.

하지만 그걸 모를 리 없는 데비아니였다.

"역시, 로건이 진짜 신분은 아니었군. 사람들을 감쪽같이 속이고 있었어."

그녀는 어느 정도 짐작을 하고 있었다. 비톤 성에서 들은 로건의 과거 이야기는 그레이너가 가지고 있는 실력에 비해 의문점이 많았기 때문이다. 인간들은 그레이너의 숨겨진 힘에 대해 전혀 알지 못하지만 그녀는 희미하게나마 느끼고 있었다. 그렇기에 바로 유추할 수 있었던 것이다.

데비아니가 심각한 표정을 짓고 있는 데미안에게 말했다.

"그런 표정 지을 것 없다. 내가 알아도 네 형에게 문제가 생길 일은 없으니. 그런 사이면 날 통해 네게 서신을 전하지도 않았겠지. 아마 그는 이곳에 보내면서부터 내가 알 것을 예상하고 있었을 것이다."

"예……."

그녀의 말은 타당해 보였고 그제야 데미안은 불안한 마음을 지울 수 있었다.

"난 로건으로 알고 있으니, 로건이라 말하면 네 형을 뜻하는 것이라 알면 될 것이다."

"알겠습니다."

데미안은 의외라 여겼다. 그레이너의 이름을 묻지 않았기 때문이다. 왠지 그것이 더 믿음이 가게 했다.

"서신을 마저 읽어라. 로건의 말에 의하면 네가 서신을 읽고 나면 내게 부탁을 할 것이라 했으니. 내가 여기 온 이유는 그 부탁을 들어주기 위함이다."

부탁이라니. 데미안뿐 아니라 로즈 공주의 표정에도 의문이 떠올랐다.

그에 데미안은 다시 서신을 읽었다. 역시나 로즈 공주에겐 보여주지 않았다. 서신 머리말부터 로즈 공주에겐 보이지 말라는 당부가 있었기 때문이다. .

"……!"

한데 서신을 읽던 데미안이 흠칫하는 모습을 보였다. 그는 두루마리와 함께 받은 상자를 봤다. 그러더니 그것을 열어봤다.

"음."

상자 안에 무엇이 들었는지 모르겠지만 데미안이 침음을 흘렸다.

로즈 공주는 그런 행동에 더욱 궁금함을 느꼈다. 그레이너가 보낸 서신과 물건인데 왜 자신에게 보여주지 않는지 의문이 드는 그녀였다.

이윽고 서신을 모두 읽은 데미안의 시선이 데비아니를 향했다. 그런데 그 시선이 읽기 전과 많이 달라져 있었다. 아마도 서신에 데비아니에 대한 것이 적혀 있던 모양이었다.

"저기… 정말 제가 부탁을 하면 데비아니 님께서 들어주시는 겁니까?"

"그렇다. 정확하게 말하면 네가 아닌 로건의 부탁을 들어주는 것이지."

"……."

데미안은 형의 능력이 어느 정도인지 알 수가 없었다. 드래곤을 보내 도움을 줄 정도라니.

드래곤의 도움을 받는다는 게 부담스럽기는 했지만 어쩔 수 없었다. 서신의 내용이 사실이라면 왕국 자체가 위험한 상황이었기 때문이다.

"알겠습니다. 하지만 지금 부탁할 일이 아니니 그동안 이곳에서 편히 쉬시지요."

"그러도록 하지. 하지만 너무 오래 끌진 말도록."

"알겠습니다."

데미안은 고개를 끄덕이며 정중하게 예를 취했다.

그를 보며 로즈 공주가 설명이 필요한 눈빛을 보였지만 말을 할 수가 없었다. 일이 마무리될 때까진 이해를 구해야 할 듯했다.

데미안은 로즈 공주에게 양해를 구하고 방을 나섰다.

그는 빨리 움직여야 했다.

앞으로 일어날 일을 대비하기 위해선 말이다.

*　　*　　*

두두두두두두!

중립파 군대를 떠난 아비게일 후작 일행 빠르게 라티고 영지를 향해 달려갔다.

거리가 가까워질수록 아비게일 후작은 어디쯤에서 네바로

왕국군을 만나게 될지 경계했다.

그녀는 라티고 영지는 이미 네바로 왕국군의 수중에 넘어갔을 거라 예상했다. 시일이 오래 걸린 데다 상대에게 소드마스터인 밀렘 후작이 있다는 점을 감안하면 버티지 못할 것을 예상하는 게 가능했기 때문이다.

그런데 아무리 가도 네바로 왕국군의 모습은 보이지 않았다. 라티고 영지 전, 전에 있는 드리오 영지는 물론 바로 전에 있는 오툴 영지까지 네바로 왕국군의 모습을 볼 수 없었다.

"각하, 설마 라티고 영지에서 아직까지 네바로 왕국군을 맞아 버티고 있는 것일까요?"

그러자 부하들이 놀라서 물었다. 말은 안 했지만 그들도 어느 정도 짐작을 하고 있었는데 전혀 예상 밖의 상황이 펼쳐지자 놀라지 않을 수 없었던 것이다.

"글쎄."

아비게일 후작은 장담을 할 수 없었다.

당연했다. 노미디스 제국군이나 로카 왕국군이 침공한 지역은 이미 몇 개의 영지가 점령당한 상황이었다. 그런데 여기 라티고 영지는 방어하고 있을 거라 어떻게 생각하겠는가.

거기다 다른 지역에 비해 이쪽 영지들은 힘이 약했다. 오히려 다른 지역보다 더 밀리면 밀렸지, 버티고 있는 건 말이 되질 않았다.

아비게일 후작은 혹시 길이 엇갈린 것은 아닌가 하는 생각에 주변을 탐색까지 해봤다.

하지만 군대가 지나갔거나 주둔한 흔적은 전혀 없었다. 그 말은 네바로 왕국군이 아직 오톨 영지에 오지 못했다는 뜻이었다.

결국 아비게일 후작은 오톨 영지까지 지나 라티고 영지의 비톤 성으로 향했다.

모든 의문이 풀리길 기대하며 말이다.

*　　*　　*

다음 날, 마침내 아비게일 후작 일행은 비톤 성 근처에 도착할 수 있었다.

그런 그들의 시선엔 놀라운 광경이 펼쳐져 있었다.

"이럴 수가."

"정말이었군. 정말 아직까지 네바로 왕국군을 막고 있었어."

그건 바로 비톤 성 앞에 진영을 꾸리고 대치 중인 네바로 왕국군의 모습이었다.

그것을 보고 일행은 진심으로 놀라움을 금치 못했다. 불가능하다 생각했던 일이 실제로 벌어지고 있는 것이나 마찬가지였기 때문이다.

"파발에 의하면 국경 수비대가 온전히 전력을 유지한 채 비톤 성에 합류했다더니, 아마도 그 덕분에 방어를 하고 있는 모양입니다."

"맞습니다. 그중 바우어 자작의 힘을 컸을 겁니다. 오랜 시간 국경 수비대를 이끌어 온 경험은 무시할 수 없는 것이니까요."

부하들은 들뜬 모습을 보였다.

예상보다 너무나 좋은 상황이니 밝은 반응이 나올 수밖에 없었다.

아비게일 후작 역시 말은 하지 않았지만 부하들의 말에 동감하고 있었다.

이윽고 일행은 비톤 성의 후문으로 다가갔다. 그런데 얼마 가지 않아 성문이 열리는 것이 아닌가.

열린 성문으로 사람들이 나왔는데 일행 모두가 아는 사람이 선두에 있었다.

"각하, 보십시오. 바우어 자작입니다."

그 사람은 바로 방금 거론했던 바우어 자작이었다.

자작의 마중에 일행은 빠르게 성문에 다가갔고 아비게일 후작을 발견한 자작이 미소를 지었다.

"아비게일 후작 각하!"

바우어 자작 등은 성루에 있다 아즈라 깃발을 보고 나온 참이었다. 그렇기에 아비게일 후작이 있는 건 알지 못했던 것이다.

이내 성문에 도착하자 아비게일 후작 등은 말에서 내렸다. 그러자 바우어 자작 및 그 외 귀족들이 모두 정중하게 예를 올렸다.

"아비게일 후작 각하를 뵈옵니다!"

"모두 반갑소."

아비게일 후작은 무표정하게 인사를 받았다. 좋아하거나 기꺼워하는 모습은 전혀 보이지 않았다.

하지만 그것을 가지고 기분 나빠 하는 사람은 아무도 없었다. 그녀의 성격을 잘 아는 것이다.

"오실 거라 여기고 기다리고 있었습니다. 오랜만에 다시 뵙게 되는군요. 그동안 안녕하셨는지요."

"난 잘 지냈네. 그보다 놀랍군. 난 네바로 왕국군이 설마 여기에 묶여 있을 거라곤 생각지 못했네."

아비게일 후작은 눈으로 네바로 진영을 가리키며 말했다.

"저희는 해야 할 일을 했을 뿐인데 그런 말씀을 하시니 기분이 좋지 않을 수가 없군요. 네바로 왕국군이 이곳을 지나가지 못하도록 수많은 이들이 목숨을 걸고 방어를 했습니다. 그 덕분에 지켜낼 수 있었지요."

"훌륭하네."

후작의 칭찬에 바우어 자작은 미소를 지었다. 마치 그동안 힘들었던 지난날에 대한 보상을 받는 듯한 그런 기분이었다.

"하지만 결정적인 건 어떤 분의 도움 때문입니다. 그분이 없었다면 아마 비톤 성은 진작 네바로 왕국군에 의해 함락됐을 겁니다."

"어떤 분?"

아비게일 후작을 비롯한 일행의 얼굴에 의문이 떠올랐다.

하지만 바우어 자작은 대답 대신 성문 안으로 손을 가리켰다.

"여기서 이럴 것이 아니라 안으로 들어가시지요. 곳곳에 네바로군의 정찰 병력이 숨어 있기 때문에 들어가는 게 좋을 것 같습니다."

"그러지."

아비게일 후작도 동의하기에 즉시 고개를 끄덕였다.

이윽고 안내에 따라 후작 일행은 비톤 성으로 진입할 수 있었다.

그리고 그들 모두는 내성으로 향했다.

"그러니까, 새로운 소드마스터가 등장했단 말이오?"

내성에 도착한 아비게일 후작은 응접실로 향했다. 거기서 그레이너에 대한 이야기를 들었다.

네바로 왕국군을 발견한 이후부터 그레이너가 했던 모든 걸 바우어 자작은 이야기했고 그것에 아비게일 후작도 놀란 모습을 보였다.

"그렇습니다. 한데 더욱 놀라운 건 로건 님이 바로 험프리즈가의 생존자라는 겁니다."

"험프리즈가? 그곳은……."

험프리즈가는 그녀 역시 같은 중립파기에 이야기를 들어 알고 있었다.

"당시 가주였던 에거튼 백작의 손자가 되시지요. 여기 있는 바바크 백작껜 외손자가 되고요."

아비게일 후작의 시선이 잠깐 바바크 백작을 향했고, 그녀의 시선에 백작은 뿌듯한 미소를 지었다.

후작이 물었다.

"로건이라는 그자가 밀렘 후작뿐 아니라 쿠건 백작까지 쓰러뜨렸다는 것이오?"

"예, 밀렘 후작은 왼팔을 자른 후 패퇴시켰고, 쿠건 백작은 로건 님이 직접 본진까지 쳐들어가 목을 잘라 버리셨습니다. 그 때문에 네바로 왕국군이 혼란에 빠져 움직이지 못하고 있는 상태인 겁니다."

"……."

아비게일 후작은 말문을 닫았다. 한 사람이 한 일이라곤 믿기지 않는 것이라 그녀는 반응을 보일 수 없었다.

후작과 다르게 그녀의 부하인 시에라 등은 놀란 모습을 보였다. 아즈라에서 새로운 소드마스터가 탄생했다는 것은 충격적인 사건이나 마찬가지였다. 이 작은 나라에 네 명이나 되는 소드마스터가 있다는 것이 되기 때문이다.

더구나 중요하면서도 반가운 건, 로건이란 자가 중립파에 가까울 것이라는 거였다. 가문도 중립파에 속해 있었고 지금 관련된 사람도 전부 중립파니 다른 파벌에 속하진 않을 것 아닌가. 가뜩이나 세력에서 밀리는 중립파에겐 환영할 만한 일이 아닐 수 없었다.

그때 아비게일 후작이 주변을 두리번거렸다.

"그렇다면 로건이란 그자는 어디 있는 거요? 한 번도 모습을 보지 못한 듯한데."

"로건 님은 지금 이곳에 없습니다."

"그게 무슨 말이오, 이곳에 없다니?"

"사실 중요한 작전 때문에 이곳을 떠났습니다."

"중요한 작전?"

"예, 무엇이냐 하면……."

이내 바우어 자작은 어윈 후작 암살 작전에 대해 이야기했다.

이야기가 끝나자 아비게일 후작의 표정이 변했다.

"그게 가능하겠소? 밀렘 후작을 쓰러뜨렸다고는 하나 어윈 후작은 차원이 다른 사람이오. 기사의 서열에서도 무려 열한 단계나 높지 않소. 거기다 국경을 넘어 적국 안에서 작전을 펼치다니……."

"저희도 어려운 일이란 것을 알지만 어쩔 수가 없었습니다. 어윈 후작이 네바로 왕국군에 합류하면 더 이상의 방어가 힘들어지니까요. 그것을 알기에 로건 님도 허락을 하고 움직이신 겁니다. 만약 아비게일 후작님께서 이렇게 빨리 도착하실 줄 알았다면 다른 방법을 생각했을 겁니다."

"……."

아비게일 후작도 이해할 수 있었다. 그녀만 하더라도 비슷한 상황이면 작전을 허락했으리라.

그녀는 잠시 생각하더니 물었다.

"언제 출발했소?"

"오늘이 사흘째입니다. 아마 내일쯤 작전이 실행될 겁니다."

"거기까지 얼마나 걸리오?"

"대충 하루가 약간 더 걸릴 겁니다. 국경을 넘어서 가야 하니까요. 그런데 왜 그것을……."

자작이 물었지만 후작은 대답하지 않았다. 대신 또 질문을 했다.

"거기까지 안내할 길잡이가 있소?"

"길잡이요? 각하, 혹시……."

바우어 자작의 눈이 커졌다. 그제야 그녀가 뭐 때문에 질문을 했는지 감이 잡힌 것이다.

후작이 인정한다는 듯 고개를 끄덕였다.

"내가 가볼 생각이오."

"각하께서 말입니까?"

그녀의 말에 사람들의 표정이 변했다.

"그렇소. 상황이 어떤지 확인도 해야겠지만 내가 가야 확실히 어윈 후작을 처리할 수 있지 않겠소."

그녀가 간다면 작전 성공 가능성은 더 올라갈 것이 분명했다. 아무리 기사의 서열 8위라도 소드마스터 두 명을 상대하는 건 어려울 테니 말이다.

자작은 금방 상황을 판단하고는 참모 해럴드를 바라봤다.

"성에 벨렌 부대 대원이 있는가?"

"예, 만약을 위해 대기하고 있는 이들이 몇 명 있습니다. 그들이라면 길 안내를 할 수 있을 겁니다."

확인이 되자 자작이 아비게일 후작에게 물었다.

"정말 가실 생각이십니까? 방금 도착하지 않으셨습니까?"

"내 걱정은 하지 않아도 되네. 이 정도는 문제없으니. 길잡이가 있다면 바로 준비시켜 주게."

그녀의 대답에 결국 자작은 고개를 끄덕였다.

"알겠습니다. 그리하겠습니다, 해럴드."

"예."

자작의 명령에 해럴드가 급히 움직였고, 그때 아비게일 후작은 시에라 등에게 말했다.

"시간이 촉박한 관계로 나 혼자 움직이겠다. 너희는 이곳에 남아 혹시 모를 사태에 대비해라. 아울러 이곳으로 향하고 있는 중립파 군대에 전령을 띄워 소식을 알려라. 상황을 파악하는 데 도움이 될 것이다."

"알겠습니다, 각하."

일은 일사천리로 진행되었다.

해럴드는 벨렌 부대 레인저를 바로 데리고 왔고, 인사를 나누자마자 아비게일 후작과 레인저는 말에 올랐다.

두 사람은 즉시 비톤 성을 떠나 아스퀴 산맥으로 향했다.

시간이 없는 만큼 두 사람은 쉬지 않고 달렸고 하루가 되기 전에 아스퀴 산맥에 도착했다.

그렇게 그레이너도 모르는 사이 아비게일 후작이 다가가고 있었다.

CHAPTER 11
함정, 그리고 함정

비톤 성을 떠난 그레이너 일행은 이틀 만에 국경을 넘어 계획했던 장소에 도착할 수 있었다.

지도에 위치한 대략적인 장소에 도착하긴 했지만 바로 함정을 준비할 순 없었다. 전투가 벌어졌을 때 유리한 지형을 찾아봐야 했기 때문이다. 아즈라가 아닌 네바로 왕국의 영토였기에 최대한 일을 빨리 처리해야 했고 그러기 위해선 유리한 지형은 필수였다.

결국 거의 한나절을 소비한 끝에 일행은 원하는 곳을 찾을 수 있었고, 그곳에 함정을 설치하기 시작했다.

함정은 복잡하거나 대단한 것이 아니었다. 바닥에 그물을 설치하는 것이 다였다.

하지만 우습게 여길 수 없는 것이 그물 하나로 인해 행동에 큰 제약을 줄 수 있기에 그레이너도 반대하지 않았다.

"됐습니다. 이제 기다리기만 하면 됩니다."

그물을 설치하고 보이지 않게 흙과 나뭇잎으로 덮은 후 코로나도가 다가와 말했다.

그레이너는 눈으로 함정을 확인하고는 말했다.

"은신할 만한 곳은 찾았는가?"

"예, 부대의 레인저들을 통해 내일까지 몸을 숨길 곳을 찾아놓았습니다. 이젠 어윈 후작이 오는 걸 기다리기만 하면 됩니다."

"수고했네."

"아닙니다. 당연히 해야 할 일을 했을 뿐입니다."

코로나도가 겸양적인 모습을 보였지만, 확실히 이번 일에서 가장 수고한 것은 크로나도와 그가 이끄는 벨렌 부대 레인저들이었다. 적의 중요 정보를 알아온 것은 물론 지형 파악, 함정 설치까지 모든 것을 그들이 했기 때문이다. 충분히 칭찬받아 마땅한 활약이었다.

이윽고 모든 것이 끝나자 감시조 두 명만 남겨두고 모두 은신 장소로 움직였다. 이젠 감시를 통해 어윈 후작의 등장을 기다리는 일만 남은 것이다.

은신 장소는 멀지 않은 곳이었다.

얼마 가지 않아 은신 장소에 도착했고 그레이너는 괜찮은 듯 고개를 끄덕였다. 지형 자체가 아군의 모습은 숨겨지면서 적군은 시야에 드러나는 곳이었다. 레인저 부대라 그런지 확실히 지형을 고르는 능력이 있었다.

일행 모두가 은신 장소에 자리를 잡은 후 다음은 식사에 들어갔다.

식사는 대단한 것이 아니었다. 말린 육포나 마른 빵, 가루 스프 등 휴대가 간단한 음식들이었다. 불을 피울 수 없는 상황이었기에 가루 스프 같은 건 그냥 찬물에 섞어 마실 뿐이었다.

식사가 끝난 후엔 완전히 밤이 되었지만 모두 쉽사리 잠자리에 들지 못했다. 내일 있을 전투가 걱정되는지 긴장된 모습을 보였다. 그에 몇몇은 안 보이는 곳으로 가서는 검술 연습을 하기까지 했다.

한편 그레이너는 따로 한쪽에서 명상을 하는 듯한 모습을 보이고 있었다. 하지만 그는 사실 명상을 하고 있는 것이 아니라 무언가를 생각하고 있는 중이었다. 명상은 다른 이들이 자신을 방해하지 않게 하기 위한 행동일 뿐이었다.

잠시 후, 그는 눈을 떴고 바로 잠자리에 들었다.

그가 무엇을 생각했는지 모르겠지만 내일 일과 관련된 것은 분명할 듯 했다.

그렇게 시간은 흘렀고 결국 다음 날이 되었다.

"레인저들이 어윈 후작 일행을 발견했답니다."

낮이 되자 코로나도가 그레이너에게 말했다. 드디어 기다리던 어윈 후작이 거의 도착을 한 것이다.

"어디쯤 이라는 가?"

"약 30분 거리에 있다고 합니다."

"모두 준비시키게."

"알겠습니다."

그레이너의 명령에 코로나도는 자신의 부대원과 시한 등에게 전했고 모두 준비에 들어갔다.

얼마 있지 않아 시작될 전투에 모두 긴장된 시선으로 기척을 죽였다.

그리고 코로나도가 말한 대로 30분 후, 그들이 기다리는 길목에 어떤 자들이 나타났다.

다각, 다각.

인마 무리로 모두 10기였다. 전부 갑옷을 착용한 것으로 보아 기사들임을 알 수 있었다.

그레이너는 무리 중 중간에 있는 노인을 바라봤다.

노인은 다른 이들과 달랐다. 칠흑 같은 갑옷을 입고 있었는데 키와 덩치가 굉장히 컸다. 거의 2미터는 돼 보일 정도였다. 그래서 그런지 모습에서 부터 왠지 모르게 위압감이 넘쳐 흘렀다.

노인의 정체를 그레이너는 알고 있었다. 노인이 바로 그들이 기다리던 어윈 후작인 것이다.

어윈 후작의 모습이 남다르긴 하지만 가장 시선을 끄는 것은 바로 그의 검이었다.

보통 검을 사용하는 자들은 허리나 등에 착용을 한다. 보편적으로 그것이 가장 뽑기도 좋고 휴대하기도 편하기 때문이다.

그런데 어윈 후작은 그러지 않았다.

아니, 그러지를 못했다.

그는 언제나 검을 말에 매어놓았다.

왜냐하면 그의 검은 무려 2미터가 넘은 거대한 바스타드 소드였기 때문이다.

바스타드 소드가 원래 큰 검이기는 하지만 어윈 후작의 검은 보통 바스타드 소드보다 훨씬 컸다.

총 길이는 2미터가 넘었고, 칼날의 폭은 무려 15㎝, 무게는 20㎏정도였다. 보통 바스타드 소드가 길이 115~140㎝, 칼날 폭 5~7.6㎝, 무게 2.5~3㎏인 것을 감안하면 얼마나 크고 무거운지 상상이 가지 않을 정도였다.

그런 특별함 때문에 웬만한 사람은 그의 검을 들지도 못했다. 보통 기사들은 종자에게 검을 들고 다니게도 하는데 후작의 검은 너무 무거워 그것조차도 불가능해 아예 말에 싣고 다니는 것이었다.

어윈 후작의 모습, 그리고 사용하는 검을 보면 그가 어떤 스타일의 검술을 익혔는지 금방 알 수 있었다.

한 방 한 방의 공격이 무겁고 강력해 막기조차 힘든 스타일.

바로 하드 스타일이었다.

그리고 그 하드 스타일에서 어윈 후작은 포이즌 우드 대륙 최고였다.

오늘 그런 어윈 후작을 상대로 이겨야 하는 것이다.

"음……."

그레이너의 뒤에 있던 시한과 기사들이 침음을 흘렸다. 그들 역시 어윈 후작을 발견한 것이다.

그들은 후작의 검을 보자마자 질린 표정을 지었다. 검을 보기만 해도 얼마나 무지막지할지 감이 온 것이다.

그래서 그런지 그들은 힐긋거리며 그레이너를 바라봤다. 자신들은 보조지만 그레이너는 정면으로 어윈 후작을 상대해야 하기 때문이다.

하나 그레이너의 표정엔 아무런 변화가 없었다. 어윈 후작을 보면서도 그 어떤 감정도 보이지 않았다.

시한과 기사들은 왠지 그것에 더 안심이 됐다.

그렇게 어윈 후작의 일행은 그들의 시야에 들어옴과 동시에 목표 지점에 가까워졌다.

코로나도와 그의 부대원들은 다른 곳에서 대기하고 있는

중이었고 후작 일행이 함정 위에 도착한다면 발동을 시킬 것이었다.

다각, 다각.

후작 일행은 그레이너 등이 숨어 있는 것을 전혀 모르는 듯 점점 함정에 다가갔다.

함정은 후작 측 열 명 모두를 잡을 순 없지만 문제없었다.

어윈 후작만 그물로 잡아버린다면 나머지는 금방 처리할 수 있기 때문이다.

스윽.

숨어서 상황을 지켜보던 코로나도가 손을 들어 올렸다.

후작 일행의 선두가 사정권에 들어선 것이다.

코로나도는 눈도 깜빡거리지 않고 가만히 있었다. 그러다 드디어 어윈 후작이 함정 위에 올라섰을 때, 그는 즉시 손을 아래로 내렸다.

그러자,

부화아아악!

땅에서 그물이 솟아나며 어윈 후작과 몇 명의 기사들을 감싸려 했다.

"뭐, 뭐야!"

"함정이다!"

갑작스런 상황에 어윈 후작과 함께 온 네바로 기사들이 크게 당황하며 소리쳤다.

"쏴라!"

슈슈슈슉!

쐐새새색!

그때 코로나도가 소리쳤고 기다렸다는 숨어 있던 레인저들이 몸을 일으키며 활을 쏴댔다.

"적들의 공격이다! 후작 각하를 지켜라!"

티티티팅!

태태탱!

함정에 빠지지 않은 네바로 기사들은 즉시 어윈 후작을 둘러쌌고 날아오는 화살들을 쳐냈다.

"공격하라."

한편 계획대로 그레이너 등도 움직이기 시작했다.

그의 명령에 시한과 기사들이 뛰쳐나왔고 네바로 기사들을 향해 달려갔다.

"이야아! 죽어라!"

"차아앗!"

시한과 기사들은 당장에라도 모두 죽이겠다는 듯 검을 휘둘렀다.

그런데 그들이 막 네바로 기사들을 공격하려는 순간,

와자자작!

갑자기 그물이 한 번에 뭉텅이로 잘려 나가며 거대한 무언가가 튀어나왔다.

그 무언가는 즉시 가까이 다가온 시한과 기사들을 무지막지하게 덮쳐갔다.

"무, 무슨……!"

"막아… 헛!"

기사들은 갑작스런 상황에 그것을 막으려 했다.

하지만 자신들에게 향하는 것이 무언지 확인한 후엔 그것을 포기해야 했다.

그들을 덮쳐온 것은 바로 검이었다.

바로 어윈 후작의 거대한 바스타드 소드.

경악스러운 건 바스타드 소드 전체에 오러 블레이드가 생성되어 있다는 것이었다.

그건 도저히 막을 수가 없는 것이었고 목표 대상이 된 기사들은 죽음을 받아들여야 했다.

"물러서라!"

한데 막 검이 그들을 가르려는 순간, 뒤에서 누군가의 외침이 들려왔다.

바로 그레이너였다.

그레이너는 순식간에 기사들 앞에 도달하더니 어윈 후작의 바스타드 소드를 향해 검을 휘둘렀다.

꽈아앙!

두 사람의 검이 격돌하자마자 엄청난 굉음이 산을 울렸다.

근처에 있던 자들은 귀를 막을 정도였다.

부웅!

그런데 한 인영이 뒤로 튕겨져 나갔다.

바로 그레이너였다.

바스타드 소드에 담긴 엄청난 힘에 그가 날아가 버린 것이다.

"로건 님!"

그것을 보고 시한과 기사들은 사색이 되어 달려갔다.

휘리릭!

그때 날아가던 그레이너가 공중제비를 돌았다.

그러더니 가뿐하게 바닥에 착지하는 것이 아닌가.

"로건 님! 괜찮으신 겁니까?"

시한은 급히 다가가 물었다.

그에 그레이너는 고개만 살짝 끄덕였다.

"휴우, 다행입니다."

시한과 기사들은 안도의 한숨을 내쉬었다. 그레이너가 잘못되면 지금 자신들은 물론 비톤 성까지 완전히 끝장이나 마찬가지였기 때문이다.

그레이너가 무사한 것이 확인되자 모두의 시선은 어윈 후작 일행을 향했다.

"흠."

어느새 어윈 후작은 그물을 벗어던지고 앞으로 나와 있었다.

그는 나른한 표정으로 주변의 레인저들을 확인하더니 그레이너 등을 바라봤다.

"으음."

한데 그 시선에 시한 등이 침음을 흘렸다.

시선에서부터 엄청난 위압감이 느껴졌기 때문이다.

거기다 가까이에서 보니 멀리서 본 거랑은 느낌이 달랐다.

멀리서 볼 때는 그냥 크다고 느꼈는데 가까이에서 보니 이건 큰 걸 떠나 지나칠 정도로 거대했다.

마치 커다란 바위가 그들을 덮치려는 것처럼 보기만 해도 압박감이 느껴졌다.

"네가 로건이라는 놈이더냐?"

이윽고 어윈 후작의 시선은 그레이너를 향했고 처음으로 입을 열었다.

목소리부터가 엄청난 중저음인 것이 상대를 주눅 들게 만들었다.

그레이너는 대답하지 않았다. 그냥 희미하게 고개만 끄덕였다.

어윈 후작은 그것을 보고 별다른 반응을 보이지 않았다.

그의 나이를 생각하면 건방지다며 화를 낼 수도 있건만 무표정하기만 했다.

그런데 그 모습이 시한 등을 더 어두워지게 만들었다.

감정이 보이지 않으니 어윈 후작이 더 사람같이 느껴지지 않았기 때문이다.

정말 지금 느낌으로는 검으로 찔러도 생채기 하나 나지 않을 것 같은 그런 중압감이 느껴졌다.

어윈 후작은 더 이상의 질문은 하지 않았다.

대신 살짝 뒤를 돌아봤다.

그러자 순간,

쉬익!

휘익!

두 개의 인영이 각각 어딘가로 쏜살같이 날아갔다.

그레이너는 그들이 어디로 가는지 즉시 알 수 있었다.

바로 코로나도 등이 숨어 있는 곳으로 간 것이다.

"피해라! 어서 피해!"

상황을 지켜보던 코로나도 역시 그것을 곧바로 알아채고는 레인저들에게 소리쳤다.

그에 레인저들은 즉각 몸을 날렸다.

타탁!

하지만 상대가 너무 빨랐다.

스가각!

서걱!

"크아악!"

"끄억!"

두 인영은 순식간에 레인저들의 뒤를 잡더니 검을 휘둘

렸다.

검에는 그야말로 사정이 없어 무지막지하게 레인저들을 갈라 버렸다.

"젠장!"

뒤를 잡히자 레인저들은 할 수 없이 피하기를 포기했다.

그러고는 인영들에게 반격을 시도했다.

레인저들은 기사는 아니지만 많은 전투를 겪어봤기에 검술에도 자신이 있었다.

"아, 아니, 컥!"

"으윽!"

그런데 예상과 달리 아예 상대가 되지 않았다.

그들이 검술을 펼쳤지만 두 인영은 가볍게 빈 곳을 파고들어 검을 적중시켰다.

그렇게 한두 명이 쓰러진 것을 시작으로 레인저들이 죽기 시작했고 잠시 후엔 코로나도와 몇 명을 남기고 모두 죽고 말았다.

"로건 님."

시한과 기사들은 로건이 나서주길 바랐다.

하지만 그들은 모르고 있었다.

어윈 후작이 그것을 기다리며 지켜보고 있는 것을.

그레이너가 레인저들을 살리기 위해 움직이는 순간, 어윈 후작이 시한 등을 처리하기 위해 달려들 것이었다.

때문에 그가 움직이지 못하고 있는 것이었다.

차차창!

스각!

"크악!"

결국 코로나도의 벨렌 부대 레인저들은 모두 죽고 말았다.

이곳에 부대 3분의 1에 달하는 대원을 데리고 왔는데 모두 죽은 것이다.

그나마 코로나도는 살아남았지만 온전치 못했다.

한 인영이 그를 죽이기 위해 계속 공격했기 때문이다.

하지만 한 부대를 이끄는 대장인 만큼 쉽게 무너지지 않았고 힘들게 그레이너 등이 있는 곳까지 물러섰다.

"운이 좋은 놈이군."

결국 그레이너가 나설 정도의 거리가 되자 인영은 포기하고 돌아갔다.

그에 시한을 비롯한 기사들이 얼른 달려갔다.

"이보게, 코로나도 정신 차리게!"

시한은 걱정스런 얼굴로 코로나도에게 소리쳤다.

코로나도의 부상은 심각했다.

몸 여기저기가 베였고 옷 밖으로 피가 계속 흘러나왔다.

잘못하다간 그 역시 목숨을 잃을 것 같았다.

"너는 코로나도를 데리고 뒤로 가서 상처를 치료해라. 심각한 것부터 치료를 해야 한다."

시한은 기사 한 명을 시켜 코로나도를 데리고 물러서게 했다.

자신이 확인하고 싶었지만 상황상 그럴 수가 없었다.

어윈 후작 등이 다가오고 있었기 때문이다.

그런데 앞장선 것은 어윈 후작이 아니었다.

바로 좀 전에 시한 등을 공격했던 두 인영이 선두에 서 있었다.

그들은 얼마 되지 않는 거리에서 멈추더니 이내 한 명이 입을 열었다.

"계획을 세우긴 했지만 이 정도로 잘 속아줄 줄은 몰랐군."

상대는 득의한 목소리로 말했다.

말투로 보아 숨겨진 무언가가 있는 듯했다.

그들은 투구를 쓰고 있어 얼굴을 알 수가 없었는데 목소리가 상당히 익숙했다.

그 이유에 대해선 잠시 후 그들이 투구를 벗었을 때 알 수 있었다.

두 인영 중 한 명을 보고 시한 등은 경악성을 내질렀다.

"밀렘 후작!"

CHAPTER 12
세 소드마스터와의 전투

"이, 이럴 수가!"

밀렘 후작이 정체를 드러내자 시한과 기사들은 충격에 빠졌다.

네바로 진영에 있어야 할 밀렘 후작이 이곳에 있다니.

이건 절대 있을 수 없는 일이었다.

이것이 가능한 건 단 한 가지였다.

함정.

어윈 후작이 아닌 자신들이 네바로 군의 함정이 걸려든 것이다.

시한 등의 반응에 밀렘 후작의 옆에 있는 다른 자가 즐거운 미소를 지었다.

그자가 씁쓸하다는 듯 장난스럽게 말했다.

"이런, 밀렘은 알면서 난 알아보지 못하는 모양이군. 이거 실망스럽구먼."

그에 시한 등의 시선이 그자를 향했다.

얼굴을 확인했지만 그들은 그자를 알아볼 수 없었다.

대신 다른 사람이 알아봤다.

"코랄 후작."

바로 그레이너였다.

그레이너의 말에 시한 등이 고개를 갸웃거렸다. 어디서 들어본 듯한 이름이었기 때문이다.

"코랄 후작?"

"코랄 후작이라면… 헉!"

그러다 갑자기 표정이 변했다.

그제야 기억이 난 것이다.

그들은 자신들도 모르게 소리쳤다.

"노미디스 제국의 소드마스터 코랄 후작!"

그들의 얼굴은 더욱 경악스럽게 변했다.

밀렘 후작도 모자라 코랄 후작이라니.

그것도 코랄 후작은 노미디스 제국의 소드마스터 아닌가.

그가 왜 여기에 네바로군과 함께 있는지 시한 등은 충격적일 뿐이었다.

"오호, 날 알아보는군."

하나 그들이 놀라든 말든 코랄 후작은 그레이너에게 흥미로운 시선을 던졌다. 그레이너가 자신을 알아볼 거라곤 생각지 못했던 그였다.

"놀라게 해줄 심산이었는데 김이 빠지는군. 로건이라고 했나? 만나게 돼서 기쁘군."

코랄 후작은 여유롭게 말을 이었다.

"지금 어떤 상황인지는 바보가 아닌 이상 모르진 않겠지? 아마 네가 생각하는 게 맞을 거야. 우리가 일부러 정보를 흘려 지금과 같은 상황을 만든 거지. 그 이유를 모르진 않겠지?"

코랄 후작은 그러며 옆에 있는 밀렘 후작에게 시선을 줬다.

밀렘 후작은 몸을 가리고 있던 망토를 풀었다. 그러자 왼팔이 없는 그의 상체가 드러났다.

"밀렘의 말에 따르면 실력이 대단하다 하더군. 그래서 불편함을 감수하고 이런 함정을 만든 거지."

"……."

"뭐 영광으로 생각하라고. 너 한 명을 위해 무려 세 명의 소드마스터가 나서서 꾸민 일이니. 어떤 이가 이런 대접을 받아보겠나, 안 그래?"

코랄 후작의 장난스런 말투에도 그레이너의 얼굴에 반응은 없었다. 그레이너는 가만히 코랄 후작을 바라볼 뿐이었다.

하지만 시한 등은 아니었다.

그들은 코랄 후작의 말을 들을수록 암담하게 변했다.

어윈 후작도 모자라 밀렘 후작에 코랄 후작까지라니.

그들이 봤을 때 이건 완전히 최악의 상황을 맞이한 것이나 다름이 없었다.

쿵, 쿵!

그때 말에서 내린 어윈 후작이 다가왔다.

"이자는 내가 먼저 상대해 보지. 자네들은 나머지를 처리해 주게."

어윈 후작은 혼자서 그레이너를 상대해 보길 원했다.

어찌 보면 당연한 것이었다. 어윈 후작은 기사의 서열 8위에 달하는 강자였다.

그런 그가 한참 어린 자를 상대로 다른 소드마스터들과 함께하고 싶은 생각이 들진 않을 터였다.

'음…….'

그것을 알기에 밀렘 후작은 속으로 침음을 흘릴 뿐, 아무런 말도 하지 못했다.

그레이너의 실력을 겪어본 당사자로서 그러지 않는 게 좋다고 말하고 싶지만 상대가 어윈 후작이니 그럴 수가 없었다.

어윈 후작이 밀렘 후작의 그런 생각을 모르는 바는 아니었다.

하지만 그건 밀렘 후작을 중심으로 생각했을 때 상황이고 자신이 중심이면 이야기가 달라지지 않는가.

그는 밀렘 후작보다 더 강자의 입장이니 말이다.

"알겠습니다. 그리하시지요."

코랄 후작이 흔쾌히 대답했다. 그가 어윈 후작이었어도 똑같이 했을 것이기에 반대하지 않는 것이다.

결국 밀렘 후작도 고개를 끄덕여야 했다.

푸화앙!

그러자 어윈 후작이 앞으로 나서며 검을 내밀었다.

한데 검이 얼마나 큰지 살짝 움직인 것만으로 바람이 불었다.

더욱 놀라운 건 어윈 후작은 그 거대한 검을 한 손에 쥐고 있다는 것이었다.

"간다."

어윈 후작은 그렇게 말하곤 즉시 움직였다.

쑤앙!

어윈 후작의 거대한 몸이 순식간에 그레이너 앞에 도달했다.

그러더니 바스타도 소드로 내려찍는 것이 아닌가.

그레이너는 바로 몸을 돌려 피했다.

쾅!

검이 땅을 때리자 굉음이 울렸다.

얼마나 엄청난 힘이 담겨 있었는지 짐작이 가지 않을 정도였다.

슈르르륵.

그레이너도 가만있지 않았다.

피하는 와중 검을 들어 부채꼴을 그렸다.

그러자 검이 분신처럼 늘어났다.

그것을 즉시 어윈 후작을 향해 날렸다.

"밀렘의 말이 사실이었군."

어윈 후작은 그런 말과 함께 다음으로 넘어갔다.

그 역시 그레이너의 검술은 처음 보는 성질의 것인 모양이었다.

후작은 검면이 보이도록 검을 돌린 후 자신에게 날아오는 검들을 향해 휘둘렀다.

빼버버벙!

그러자 날아간 검들이 박살 나버렸다.

오러 블레이드로 만들어진 검인데도 불구하고 어윈 후작의 공격에 버티지 못한 것이다.

하지만 어윈 후작도 아무렇지 않은 것은 아니었다.

몸이 뒤로 밀리며 주춤하는 모습을 보였다.

그에 어윈 후작은 그레이너의 다음 공격에 대비했는데, 순간 그의 눈이 커졌다.

그레이너가 자신이 아닌 밀렘, 코랄 후작에게 몸을 날리고 있었기 때문이다.

전투가 시작되자 어윈 후작의 말대로 밀렘 후작과 코랄 후작은 시한 등을 처리하기 위해 부하들과 함께 움직였다.

소드마스터가 두 명이나 되는 만큼 시한과 기사들은 그들의 상대가 될 수 없었다.

두 사람은 조금의 망설임 없이 오러 블레이드를 만들었고 기사들을 공격했다.

그에 두 명이 순식간에 목숨을 잃었다.

그리고 세 번째와 네 번째 재물에게 다가가려는 순간, 그들은 느꼈다.

뒤에서 다가오는 엄청난 기운의 느낌을.

"아니!"

"이런!"

두 사람은 즉시 뒤로 돌았고 볼 수 있었다.

수많은 검의 분신이 그들에게 들이닥치는 걸.

두 사람은 급히 검을 휘둘러 그것을 방어했다.

따다다당!

채채챙! 카가각!

갑작스런 공격이었음에도 불구하고 두 사람은 그것을 모두 막았다.

그런 와중 코랄 후작도 놀란 모습을 보였다.

그 역시 그레이너의 검술을 처음 봤기 때문이다.

그레이너는 두 사람의 공격을 멈추게 하자마자 뒤로 돌

았다.

그가 뒤로 돌았을 때 어느새 다가온 어윈 후작이 대각선으로 검을 휘두르고 있었다.

피하긴 늦었기에 그레이너는 즉시 검을 들었다.

떠어엉!

휘익!

굉음과 함께 그레이너가 또다시 튕겨져 나갔다.

힘에 있어서는 어윈 후작은 정말 막강할 정도였다.

"엇!"

한데 그 모습을 보고 밀렘 후작이 경악성을 내질렀다.

그레이너가 날아가는 방향이 시한과 기사들을 공격하고 있는 부하들을 향하고 있었기 때문이다.

코랄 후작과 어윈 후작도 그것을 목격하고는 즉시 그레이너에게 달려갔다.

슈르르르르르르륵!

그레이너는 그것을 그냥 두고 보지 않았다.

그는 검을 들어 처음으로 두 바퀴를 돌렸다.

그러자 수십 개가 넘는 분신이 만들어졌다.

슈라라라라락!

그레이너는 그것을 세 소드마스터에게 날리고 네바로 기사들에게 달려들었다.

스가각!

"아, 아니! 크악!"

서걱!

"끄악!"

시한과 기사들에게 집중하고 있던 네바로 기사들은 그레이너의 공격을 전혀 생각지 못했다.

그레이너는 조금의 망설임도 없이 오러 블레이드를 일으킨 다음 네바로 기사들을 도륙해 버렸다.

스가가각!

푸푹! 서걱!

여덟 명을 처리하는 데 걸린 시간은 그야말로 찰나에 지나지 않았다.

그레이너는 아예 처음부터 작심을 하고 움직였던 것이다.

"이 개자식이!"

그것을 보고 화가 난 것은 의외로 노미디스 제국의 코랄 후작이었다.

그는 네바로 기사들이 죽은 것 때문에 화가 난 것이 아니었다.

그들이 죽을 동안 그레이너가 만들어낸 검 분신들을 상대했다는 것에 분노했다.

그의 입장에선 농락당한 느낌이었던 것이다.

하지만 어윈 후작이나 밀렘 후작도 마찬가지였다.

코랄 후작에 비해 더하면 더했지 못하지 않을 정도였다.

"부하들과 이 자리를 떠나게."

한편 그레이너는 시한에게 퇴각 명령을 내렸다.

그 말에 시한의 눈이 커졌다.

"떠나라니요. 저희도 함께 싸우겠습니다."

"저들이 누군지 잊었는가? 자네들은 방해만 되네. 그러니 즉시 물러나게."

그레이너는 그 말을 끝으로 다시 움직였다.

그는 바닥에 떨어진 검을 하나 더 줍더니 왼손에 쥐었다.

그러더니 가장 가까이에 다가온 코랄 후작에게 먼저 달려들었다.

"이노옴!"

차차차창!

카카캉! 떠더덩!

그레이너는 더 이상 검 분신을 만들어내지 않고 전투에 돌입했다.

그 이유는 분신을 만들어내는 데 엄청난 마나가 소비되기 때문이었다.

분신 하나하나가 오러 블레이드였기에 굉장히 무리가 가는 기술이 아닐 수 없었다.

시한 등을 물러나게 하려 초반에 무리를 했을 뿐, 지금부터는 자제할 생각이었다.

정공적인 전투에 돌입하자 코랄 후작의 실력이 나오기 시작했다.

코랄 후작의 검술은 공기라 말할 수 있었다.

언뜻 보면 코랄 후작의 검술엔 특징이 없었다.

그냥 검에 오러 블레이드가 맺혀 있는 기본적인 형태로 보였다.

하지만 직접 상대해 보면 그것이 아님을 알 수 있었다.

코랄 후작의 검이 지나가고 나면 바람이 다가왔다.

한데 그 바람이 보통 바람이 아니었다.

어떻게 된 건진 모르겠지만 바람에 오러가 숨겨져 있었다.

그레이너는 그 때문에 코랄 후작을 상대한 지 얼마 되지 않아 여기저기에 상처를 입었다.

그가 코랄 후작의 검술을 몰랐던 건 아니었다.

블랙 클라우드의 정보를 통해 알고는 있었다.

하지만 알고 있는 것과 직접 상대하는 것에는 많은 차이가 있었다.

그 때문에 공격을 하면서도 그레이너는 수시로 회피 동작을 취했다.

코랄 후작이 허공에 검을 휘둘렀음에도 공기를 타고 오러가 날아왔기 때문이다.

검으로 막아도 소용이 없기에 피하는 수밖에 없었다.

그리고 그 뒤를 이어 밀렘 후작과 어윈 후작이 동시에 공격을 해왔다.

채채채챙!

떠어엉!

* * *

"헉, 헉……."

"힘내라. 로건 님 말씀대로 이곳을 벗어나야 돼."

시한은 부하들과 함께 도망치고 있었다.

그레이너의 말대로 자신들은 방해만 될 것이 분명하기에 물러나는 것이 나았다.

그냥 있었다가는 자신들을 신경 쓰느라 그레이너가 제대로 움직이지 못했을 것이다.

시한과 코로나도를 합쳐 살아남은 자는 다섯 명이었다.

삼십여 명에 가까웠던 인원이 열 명도 남지 않게 된 것이다.

그나마도 몸이 온전한 건 시한 그와 기사 한 명뿐이었다.

코로나도와 나머지 두 명은 부상을 입은 상태였다.

해서 코로나도는 그가 업고 있었고 온전한 기사 한 명이 다른 두 명을 부축하며 움직이고 있었다.

그렇게 얼마나 갔을까.

타다다다닥!

갑자기 앞에서 뜀박질 소리가 들려왔다.

그에 시한의 표정이 변하며 그대로 석상이 굳어졌다.

기사들도 갑작스런 소리에 놀라 움직이지 않았다.

뛰박질 소리는 점점 그들을 향해 다가왔다.

딱 봐도 피할 수가 없는 상황이었다.

스르릉…….

시한은 천천히 검을 뽑았다.

다가오는 자가 적일 확률이 굉장히 높았기에 대비를 해놔야 하는 것이다.

결국 얼마 있지 않아 어떤 인영이 그들 앞에 나타났다.

"이야앗!"

시한은 즉시 공격했다.

상대가 누군지 확인하지 않았지만 상관없었다.

이곳에 또 다른 아군이 있을 리 없기 때문이다.

챙!

"으악!"

하지만 강력한 힘에 저지당했고 그의 검이 밀려나고 말았다.

시한은 사색이 되어서는 다시 공격을 하려 했는데, 그때 누군가 외쳤다.

"공격하지 마십시오, 시한님! 아군입니다!"

"……!"

그 말에 시한의 검이 멈췄다.

그러곤 외친 상대를 바라봤다.
한 청년이었는데 누군지 알 수 없었다.
하지만 복장을 보고 어떤 신분인지 확인이 가능했다.
바로 코로나도의 벨렌 부대 레인저였다.
"너, 넌 벨렌 부대의 레인저가 아니냐. 어떻게 지금 여기에……."
시한은 의아한 얼굴을 했다.
작전의 특성상 네바로 국경 수비대가 알아챌 수 있으니 다른 이들은 오지 못하게 했기 때문이다.
그런데 이곳에 나타났으니 의아해할 만했던 것이다.
"이분을 안내하기 위해 왔습니다."
"이분?"
시한의 시선이 자연히 레인저의 뒤에 있는 사람에게 향했다.
그런데 그 사람을 보자 시한의 표정이 서서히 변했다.
그러더니 이내 놀란 얼굴로 말하는 것이 아닌가.
"아, 아비게일 후작 각하!"
그렇다.
상대는 바로 아비게일 후작이었던 것이다.
어제 비톤 성에 도착하자마자 떠난 그녀가 드디어 국경을 넘어 이곳에 도착한 것이다.
"후, 후작 각하께서 어떻게 여기에……."

시한은 크게 놀란 얼굴이었다.

당연했다. 설마 네바로 땅 산속에서 다른 사람도 아닌 아비게일 후작을 만날 거라고 누가 상상이나 했겠는가.

아비게일 후작은 대답 대신 일행을 바라봤다.

시한과 코로나도, 기사들 밖에 없자 그녀가 물었다.

"왜 자네들밖에 없는 것인가? 로건이란 자는?"

그녀는 이들의 모습을 보고 심상치 않은 일이 생겼음을 즉시 알 수 있었다.

"저기… 그것이……."

시한은 지금까지 있었던 상황을 간단히 이야기했다.

함정을 준비했지만 오히려 그것이 함정이었고 그레이너를 방해하지 않기 위해 빠져나왔다는 것을.

한데 말이 다 끝나기도 전에,

휘익!

아비게일 후작이 몸을 날렸다.

"앗! 후, 후작 각하!"

시한이 놀라서 그녀를 불렀지만 어느새 그녀의 모습은 사라지고 없었다.

"……."

시한은 아비게일 후작이 사라진 방향을 보며 굳은 표정을 보였다.

그러며 뭔가 망설이는 듯한 느낌을 자아냈다.

"시한 님, 어떻게 합니까?"

그때 레인저가 그를 향해 물었다.

아비게일 후작이 가버렸으니 이젠 시한의 명령을 기다려야 하는 것이다.

다른 이들도 그의 명령을 기다렸다.

시한은 뭔가 고민하는 듯하더니 바닥에 내려놓은 코로나도를 바라봤다.

그때 코로나도도 간신히 눈을 떠 그를 바라보고 있었다.

평소 투닥거렸던 둘은 친구처럼 눈빛을 통해 서로의 마음을 읽고 있었다.

이내 둘은 누구랄 것도 없이 동시에 고개를 끄덕였다.

* * *

타타타탓!

아비게일 후작은 지금까지 왔던 것보다 더 빠르게 달렸다.

이전에도 빠르게 움직이기는 했지만 레인저의 속도에 맞추느라 최고 속도는 아니었다.

그런데 지금은 주변 나무와 풀이 시야에 들어오기도 전에 지나칠 정도로 빨랐다.

그렇게 빨리 달린 덕분인지 그녀는 곧 전투가 벌어졌던 장소에 도착할 수 있었다.

"……."

그녀는 주변을 둘러봤다.

주변에 시신이 널려 있고 전투의 흔적이 보였지만 그레이너와 세 소드마스터는 보이지 않았다.

그에 그녀는 흔적을 살폈다.

잠시 후, 흔적을 찾을 수 있었다.

누군가의 핏자국이 산속으로 이어져 있었던 것이다.

아비게일 후작은 즉시 핏자국을 따라 움직였다.

핏자국은 생각보다 멀리까지 이어진 상태였다.

전투 장소에서 상당히 멀리 왔음에도 아무도 보이지 않았다.

그런데 가면 갈수록 핏자국이 많아졌다.

거기다 나무가 박살이 나고 풀들이 뽑혀 나간 것이 주변 상태가 엉망이었다.

아마도 굉장히 치열한 전투가 벌어지고 있는 듯했다.

'혼자서 세 명이나 되는 소드마스터를 상대하고 있단 말인가?'

아직 그레이너를 보지 못한 그녀는 놀라웠다.

지금까지 발견한 흔적만 봐서는 새로운 소드마스터라는 자의 실력이 보통이 아닌 듯 보였다.

그렇게 계속 흔적을 따라 움직였는데 잠시 후,

차차차창!

카카캉!

멀리서 금속음이 들렸다.

그에 아비게일 후작은 소리가 들리는 곳으로 즉시 달려갔다.

그리고 얼마 있지 않아 그녀의 눈에 놀라운 광경이 펼쳐졌다.

"……!"

산 속 어느 공터에 네 명이 있었는데 그들은 치열한 전투를 벌이고 있었다.

세 명이 한 명을 무지막지하게 공격하는 중으로 주변에 오러가 난무했다.

이제 보니 공터가 된 이유가 이들의 오러 때문에 주변이 쑥대밭이 된 것이었다.

세 명의 공격을 받는 한 명은 위태롭게 방어를 이어가고 있었는데 모습이 처참했다.

갑옷은 고철이 된 것마냥 여기저기 찌그러지고 베여 속이 다 보였고 그 안에선 피가 흘러나왔다.

얼마나 집중된 공격을 받았는지 한눈에 봐도 알 수 있을 정도였다.

한데 놀라운 건 그 한 명을 공격하는 세 명의 모습도 온전하지는 않다는 것이었다.

세 명 모두 머리는 산발이 되고 몸 여기저기에 상처를 입었는데 얕지도 않았다.

팔이 하나 없는 자는 허벅지에 깊은 상처를 입어 절뚝거리고 있었고, 평범한 체구의 중년인은 얼굴의 오른쪽 눈과 귀에 검상을 입었는지 피가 철철 흘러 얼굴과 상체 전체를 적시고 있었다.

그리고 나머지 체구가 거인 같은 노인은 옆구리에 깊은 자상을 입었는지 움직일 때마다 피가 뿜어져 나왔다.

한데 노인은 마치 그런 것은 상관하지 않는 듯 무차별적인 공격을 퍼붓는 중이었다.

'저자가 로건이구나!'

아비게일 후작은 방어를 하고 있는 한 명이 그녀가 찾던 로건임을 알 수 있었다.

다른 세 명이 바로 어윈, 코랄, 밀렘 후작이리라.

그녀는 그들의 싸움을 보고 감탄했다.

그레이너가 세 명을 상대로 이렇게까지 전투를 벌이고 있을 거라곤 상상도 하지 못했기 때문이다.

누가 있어 소드마스터 세 명을 상대로 이런 전투를 벌이겠는가.

그녀의 생각이 옳은 듯 어윈 후작 등이 고함을 질렀다.

"이 괴물 같은 자식!"

"제발 죽어라!"

"이놈!"

세 명은 지금 어이가 없어 미칠 지경이었다.

그들은 네바로 기사들이 모두 죽었을 때부터 체면도 무시하고 같이 그레이너를 공격했다.

한데 그를 어쩌지 못하고 있었다.

그레이너의 방어가 너무 단단해 뚫을 수가 없었다.

상처를 입히지 못한 것은 아니지만 모두 얕은 것으로 치명적인 것은 모두 피하니 황당할 지경이었다.

더욱 놀라운 건 그레이너의 반격이었다.

그레이너는 세 명의 공격을 방어를 하는 와중 반격까지 했는데, 그것이 오히려 그들에겐 치명상으로 돌아왔다.

세 명 다 심각한 부상을 입은 상태로 만약 전투를 더 오래 끌게 되면 그들이 먼저 쓰러질지도 몰랐다.

때문에 세 명은 어떻게든 그레이너를 먼저 죽이려 했다.

하지만 그것은 쉽지 않았고 질린 시선으로 그레이너를 바라보던 것이었다.

그런데 그때였다.

쉬라락!

갑자기 세 명 뒤에서 검광이 쏟아졌다.

"……!"

세 명은 그레이너에게 집중하고 있던 상황이었기에 그 공격에 크게 놀라지 않을 수 없었다.

그들은 즉시 그레이너에게서 물러났다.

검광이 세 명을 전부 노리고 있어 그레이너를 붙잡은 상태에서는 피할 수가 없었기 때문이다.

"이익, 누구냐!"

코랄 후작이 분해서 소리쳤다.

가뜩이나 화가 난 상태에 방해자가 나타났으니 기분이 좋을 리 없었다.

세 명은 뒤에서 공격한 자를 바라봤다.

그리고 그자의 얼굴을 확인하자마자 눈을 크게 떴다.

바로 아비게일 후작이었기 때문이다.

CHAPTER 13
경악

"아비게일 후작? 당신이 어떻게 여기에……."

어윈 후작 등은 아비게일 후작을 알아봤다.

기사의 서열에 든 유일한 여성 소드마스터였으니 모를 리가 없었다.

모두 직접 보진 못해도 초상화로 익히 얼굴을 본 적이 있었다.

"……."

한데 놀란 것은 세 소드마스터만이 아니었다.

그레이너 역시 아비게일 후작의 등장에 놀랐다.

그 역시 그녀가 이곳에 등장할 것이라곤 생각지 못했기 때문이다.

그런데 그의 눈빛이 조금 묘했다.

아군의 등장에 좋아해야 하건만 오히려 마음에 들지 않는 듯한 감정을 보였다.

그 이유를 알 순 없었지만 그가 아비게일 후작의 등장을 환영하는 건 아닌 듯했다.

"당신이 로건인가요?"

이윽고 아비게일 후작이 그레이너에게 물었다.

그레이너는 고개를 끄덕였다.

"그렇소."

"내 이름은 아비게일이에요. 들어봤을 거라 봅니다."

아비게일 후작은 로건에게 하대를 하지 않았다.

그녀의 계급이 더 높긴 하지만 그레이너의 실력을 보고 동등한 관계로 여기기로 했기 때문이다.

"그렇습니다. 한데 어떻게 지금 여기에……."

"비톤 성의 지원 요청에 제가 왔지요. 바로 어제 비톤 성에 도착했고, 암살 작전에 대한 이야기를 듣자마자 즉각 달려온 거예요."

그레이너는 속으로 타이밍이 참으로 절묘하다고 생각했다.

"그나저나 대단하군요. 저들을 상대로 이렇게까지 버티다니. 솔직히 놀랐어요."

"……."

"몸은 어떤가요? 더 싸울 수 있나요?"

"문제없소."

"그렇다면 함께하도록 하죠. 승부를 알 순 없지만 제가 합류한 것으로 분위기는 우리에게 넘어왔어요. 그건 큰 힘이 될 거예요."

분위기는 전투에서 중요한 것이었기에 그녀의 말은 틀리지 않았다.

"가장 부상이 심해 보이는 밀렘 후작부터 처리하기로 하죠. 아마 저쪽에서 로건 당신을 노릴 테니 어떻게든 버텨주기를 바라요. 밀렘 후작을 죽인 후 바로 도와줄 테니."

그렇게 말하고 아비게일 후작은 움직이려 했다.

한데 그녀를 그레이너가 잡았다.

"잠시만 기다려 주시오."

"왜 그러죠?"

"사정은 나중에 말할 테니 저들을 죽이지 말아주시오."

"예?"

순간, 아비게일 후작의 표정이 변했다.

그녀는 도대체 무슨 소리를 하냐는 듯 굳은 시선으로 그레이너를 보더니 물었다.

"지금 그게 무슨 말이죠? 저들을 죽이지 말라고요?"

"그렇소. 저들을 죽여선 안 되오. 그럴 만한 사정이 있으니 부탁드리겠소."

"……."

아비게일 후작은 쉽게 대답하지 못했다.

어떻게 보면 지금 상황은 아즈라 왕국에 엄청난 기회나 마찬가지였다.

적국의 중요한 소드마스터 세 명을 죽일 수 있는 기회기 때문이다.

이런 기회가 언제 또 찾아오겠는가.

아마 다시는 없을 것이 분명했다.

그레이너는 아비게일 후작이 받아들이기 힘들어하는 것을 제대로 느낄 수 있었다.

뒤에 가선 불신의 느낌까지 보이는 것이, 갑자기 나타난 그의 존재가 의심이 가는 모양이었다.

그녀의 입장에선 서국 연합의 계략으로 그레이너를 보낸 건 아닐까 생각하는 것이다.

그에 그레이너는 진심을 담아 말했다.

"저들이 죽어선 안 되는 정말 중요한 이유가 있소. 이건 내 개인적인 것이 아니라 아즈라를 위한 것이니 믿어주기 바라오."

"……."

아즈라라는 말이 나오자 아비게일 후작의 눈빛이 살짝 흔들렸다.

더불어 그의 진심을 느꼈는지 이내 고개를 끄덕였다.

"좋아요. 당신 말대로 하죠. 저들을 죽이지 않고 제압하겠어요. 그런 후 당신의 이야기를 듣죠. 그런데 만약 당신이 한 이야기가 타당한 것이 아니라면……."

그녀는 말을 거기까지 하고 끊었다.

그 다음은 눈빛으로 보여줬다.

그녀의 차가운 눈빛에 충분히 알겠다는 고개를 끄덕였다.

"무슨 말인지 잘 알겠소."

그의 대답에 결국 아비게일 후작도 고개를 끄덕였다.

그렇게 협의가 끝나자 아비게일 후작의 시선은 다시 세 소드마스터를 향했다.

세 명은 이미 그레이너와 아비게일 후작을 주시하고 있었다.

그들 역시 두 사람을 어떻게 상대할지 상의를 했고 결정을 끝낸 상태였다.

그에 아비게일 후작이 움직였을 때, 그들 역시 즉시 달려들기 시작했다.

"앗!"

아비게일 후작은 경악성을 터뜨렸다.

어윈 후작과 밀렘 후작이 그레이너에게 뛰어간 동시에 코랄 후작이 그녀에게 들이닥쳤기 때문이다.

쉬라라라락!

코랄 후작은 처음부터 강력한 공격을 시도했다.

그는 아비게일 후작을 여자라고 쉽게 여기지 않았다.

그녀의 기사 서열은 16위였다.

17위인 그의 바로 위 단계인 것이다.

소드마스터들도 사람인지라 자신의 기사 서열에 굉장히 민감하게 생각했다.

자신의 순위가 어떤지 확인하고, 올라서기 위해 상당한 노력을 기울이는 것이다.

당연히 그렇기 때문에 바로 위 순위자를 가장 먼저 알아보고 파악하려 한다.

코랄 후작은 아비게일 후작에 대해 알기 위해 많은 노력을 기울였다.

한데 알면 알수록 그녀가 쉽지 않은 실력을 가졌음을 알게 되었다.

아마 소드마스터들 중 아비게일 후작에 대해 가장 잘 알고 있는 것이 바로 그이리라.

해서 아비게일 후작을 상대하기 위해 그가 나섰고 자신 있게 그녀에게 공격을 시도한 것이다.

그는 그녀에 대해 파악했지만 그녀는 그에 대해 전혀 모를 것이 때문에.

차차차창!

쉬시식!

코랄 후작의 공격을 아비게일 후작은 어렵지 않게 막았다.

강력한 공격이었지만 약간 단조로웠기 때문이다.

그런 덴 이유가 있었다.

코랄 후작이 노린 건 공기를 타고 들어가는 이차 공격을 노렸기 때문이다.

'역시 알지 못한다.'

예상대로 아비게일 후작은 검을 막기만 할 뿐 칼바람을 타고 엄습하는 오러를 피하지 않고 있었다.

코랄 후작은 쾌재를 부르며 계속 공격을 했는데, 얼마 지나지 않아 뭔가 이상함을 느꼈다.

아비게일 후작이 분명 공격에 적중 당했을 텐데 상처가 하나도 없었기 때문이다.

거기다 아비게일 후작도 공격을 당한 표정이 아니었다.

그가 이상함을 느낄 때 갑자기 아비게일 후작의 공격이 달라졌다.

사방으로 그를 공격해 들어간 것이다.

그러면서 그녀가 말했다.

"코랄 후작, 당신의 숨은 기술은 내게 소용이 없다는 걸 모르는군."

"……!"

그 말에 코랄 후작의 눈이 커졌다.

아비게일 후작의 말은 곧 자신의 공격을 알고 있었다는 뜻이기 때문이다.

"내가 당신에 대해 모른다 생각했나 본데, 잘못 알고 있군. 난 당신에 대해 아주 잘 알고 있어."

"뭐, 뭐야?"

코랄 후작은 당황했다.

아비게일 후작의 말은 그의 예상을 벗어나는 것이기 때문이다.

그리고 얼마 있지 않아 그녀의 말이 사실임을 그는 바로 알 수 있었다.

"아, 아니 이럴 수가!"

그가 펼치는 검술을 아비게일 후작이 너무나도 쉽게 받아 넘기고 있었다.

이건 마치 자신의 검술을 완전히 알고서 상대하는 것처럼 보였다.

그에 코랄 후작은 크게 당황했다.

설마 이런 상황이 벌어질 거라곤 상상도 하지 못한 그였다.

그렇게 그가 당황한 순간,

쉬릭!

푸욱!

아비게일 후작의 검이 그의 왼쪽 가슴 위를 찔렀다.

"크악!"

한데 그것이 끝이 아니었다.

아비게일 후작이 그대로 검을 밀어붙이는 것이 아닌가.

"이익!"

코랄 후작은 검이 파고드는 것을 막고 위해 뒤로 물러섰다.

그러며 아비게일 후작의 검을 쳐내려 했다.

그런데 그 순간,

카가각!

아비게일 후작이 코랄 후작의 검에 자신의 검을 걸어버리더니 움직이지 못하게 만들었다.

그러고는 즉시,

빠캉!

"컥!"

쿠당탕!

코랄 후작에게 다가가 팔꿈치로 그의 관자놀이를 가격했다.

그러자 코랄 후작의 눈이 까뒤집어 지더니 그대로 기절하고 말았다.

"……."

아비게일 후작은 그런 코랄 후작을 망설이는 눈빛으로 바라보더니 이내 신형을 돌렸다.

결국 그레이너의 말대로 죽이지 않은 것이다.

"이야아아아!"

"차아앗!"

그때 그레이너는 치열한 전투를 벌이고 있었다.

그는 일부러 방어에만 치중하는 중이었다.

혼자였으면 모르겠지만 아비게일 후작이 있는 이상 일부러 힘을 드러낼 필요가 없기 때문이었다.

"이번엔 당신으로 하지."

그렇게 어윈 후작과 밀렘 후작을 상대하는 와중 아비게일 후작이 다가왔다.

그러더니 밀렘 후작을 공격하는 것이 아닌가.

"아니!"

그에 밀렘 후작이 놀란 반응을 보였다.

그녀가 나타났다는 것은 코랄 후작이 졌다는 것을 의미하기 때문이다.

"크읏!"

아비게일 후작의 공격에 밀렘 후작이 밀려났다.

결국 그도 그레이너에 대한 공격을 멈추고 빠져 버린 것이다.

그렇게 되자 그레이너는 어윈 후작과 일대일 상황이 되었다.

"할 수 없군."

어윈 후작은 상황이 불리하게 돌아간다는 것을 알자 눈빛이 변했다.

사실 그는 모든 실력을 다하고 있는 것이 아니었다.

혼자도 아니고 세 명이서 한 명을 상대하는 것이었다.

아무리 전쟁이라지만 이것은 그의 위치에서 있을 수 없는 일이었다.

거기다 그의 검술은 주변에 아군이 없는 것이 좋았다.

하드 스타일 특성상 폼이 크기에 아군에게도 피해가 갈 수 있는 것이다.

때문에 그의 움직임이 움츠러들 수밖에 없었고 제대로 실력을 드러내지 못하고 있었던 것이다.

그렇다고 그레이너를 무시하는 것은 아니었다.

그는 진심으로 그레이너를 인정하고 있었다.

자신이 본 실력을 드러내지 않았다고는 하지만 세 명의 소드마스터를 맞아 이 정도 상황을 만들었다는 건 우습게 볼 일이 아니었다.

때문에 적이어도 감탄한 그였다.

하지만 감탄은 감탄일 뿐 상대는 적이었고, 이젠 아무 부담 없이 본 실력을 드러낼 수 있었다.

"어디 지금부터 제대로 해보지."

후작이 자신의 바스타드 소드를 양손으로 잡았다.

지금까지 한 손으로 잡았던 것을 처음으로 양손에 잡은 것이다.

"……."

그레이너는 드디어 어윈 후작이 실력을 드러내려는 한다는 것을 알았다.

그는 어윈 후작이 본 실력을 드러내지 않고 있던 걸 알고 있었다.

그의 움직임만 봐도 하드 스타일의 특징이 나타나지 않는 것이 보였기 때문이다.

검을 양손으로 잡은 이상 위력은 달라질 것이다.

당연히 속도도 달라질 것이고 한 방이라도 잘못 맞으면 그라도 온전치 못할 것이 분명했다.

쑤아앙!

그의 생각이 끝나기 무섭게 후작의 검이 그에게 들이닥쳤다.

검의 속도가 지금까지완 차원이 달랐다.

정말 눈 깜짝할 사이 그의 목에 한 뼘도 안 되는 거리에 도달해 있었다.

그레이너는 두 개의 검을 들어 막았다.

빠캉!

순간, 엄청난 굉음과 함께 그레이너의 신형이 날아갔다.

얼마나 강력한지 그의 몸이 나뭇잎처럼 가벼워 보일 정도였다.

하지만 사실 이렇게 튕겨져 나간 건 그레이너의 의도였다.

강한 힘을 상대로 맞부딪치는 것이 아니라 상대의 힘을 흘리며 충격을 줄이려는 것이다.

그는 아까 그랬던 것처럼 공중제비를 돌며 착지하려 했다.

그런데 바닥을 보려는 그때,

부우웅!

그의 주변이 어두워졌다.

머리위에 무언가가 그를 향해 떨어내리고 있는 것이다.

그것이 무엇인지 모를 그레이너가 아니었다.

그는 즉시 머리 위로 검을 들어 올렸다.

꽈앙!

"큭!"

푸푹!

어윈 후작이었다.

그는 그레이너가 날아가자마자 바로 쫓아와 모든 체중을 실어 내려찍은 것이다.

그레이너는 이번엔 피하지 못했고 엄청난 힘을 고스란히 몸으로 받아야 했다.

위력이 얼마나 강한지 그의 다리가 땅속으로 파고들었다.

"끝내주마."

어윈 후작은 나지막하게 말했다.

오히려 소리를 치는 것보다 그것이 더 상대를 위축시키는 효과가 있었다.

퍼퍼퍼펑!

어윈 후작은 발이 박힌 그레이너를 완전히 부숴 버리겠다는 듯 몸통을 향해 검을 쓸었다.

한데 검날로 공격하는 것이 아니었다.

검면으로 공격을 해왔다.

그 때문에 공기가 터지는 소리가 나며 후작의 바스타드 소드에서 무서운 기운이 뿜어져 나왔다.

'피해야 한다.'

그레이너는 단번에 이게 보통 공격이 아님을 알 수 있었다.

이건 흘릴 수도 없었다.

당연히 막을 수도 없었다.

방법은 두 가지, 본 실력을 드러내거나 피하는 방법뿐이었다.

한데 본 실력을 드러낼 순 없었다.

그건 이유가 있었고, 이들을 죽이지 않으려는 것과 관련이 있었다.

그래서 이들과의 전투도 보이는 실력만으로 해온 것이다.

때문에 지금 선택할 수 있는 것은 피하는 방법뿐이었다.

'음.'

하지만 그레이너는 그것이 불가능함을 알았다.

어윈 후작은 그것을 예상하고 있었다.

상대가 피하려 한다는 걸 모를 리 없었다.

그 증거가 바로 후작의 눈이었다.

후작의 눈은 그를 똑바로 보고 있었다.

그 눈으로 그에게 이야기했다.

'할 수 있다면 어디든 피해봐라.'

위아래 어디로 피하든 후작의 검은 쫓아올 것이다.

결국 이건 피하지 못한다는 것을 뜻했다.

그렇다면 그가 선택할 수 있는 건 한 가지밖에 없었다.

'할 수 없군.'

그레이너의 시선이 아비게일 후작을 향했다.

아비게일 후작은 막 밀렘 후작의 방어를 파훼하며 기절을 시키고 있었다.

그것을 보자마자 어윈 후작의 검이 그를 덮쳤다.

"잘 가라."

푸황!

후작의 바스타드 소드가 그레이너를 휩쓸고 지나갔다.

그런데 어윈 후작의 모습이 이상했다.

마치 믿기지 않는 일을 당한 사람마냥 커다란 눈을 하고 있었다.

그건 당연했다.

그의 검에 느낌이 없었다.

분명 그레이너는 피하지 못했고 그의 검이 지나갔는데 아무런 느낌이 없었던 것이다.

그리고 그가 놀라고 있는 순간,

빠박!

후작의 머리가 크게 흔들렸다.

그에 후작의 몸이 휘청거리더니 그대로 쓰러졌다.

쿵!

쓰러진 어윈 후작의 뒤에 한 인영이 있었다.

바로 그레이너였다.

놀랍게도 어느새 어윈 후작의 등 뒤로 움직였던 것이다.

"……."

그레이너는 쓰러진 어윈 후작을 바라봤다.

최근 들어 상대한 자 중 가장 강한 자였다.

오랜만에 긴장을 느낀 그레이너였다.

"쓰러뜨렸군요."

그때 아비게일 후작의 목소리가 들렸다.

그레이너가 뒤를 돌아보자 아비게일 후작이 밀렘 후작을 기절시킨 후 그를 바라보고 있었다.

아비게일 후작은 놀랍다는 시선을 보였다.

"어윈 후작은 상위권의 소드마스터들도 어려워하는 자인데, 그를 쓰러뜨리다니 대단하네요. 당신의 실력을 인정할 수밖에 없겠어요."

하지만 그녀의 놀라운 시선은 잠깐이었다.

그녀는 이내 담담한 표정을 보였다.

약속대로 세 소드마스터를 죽이지 않고 제압했으니 이젠 그 이유라는 걸 들으려는 것이다.

"이제 듣고 싶네요. 당신이 말한 이유가 도대체 뭔……."

그런데 그때였다.

아비게일 후작을 바라보던 그레이너의 표정이 급변했다.

그가 무언가를 발견하고 급히 소리치려는 순간,

쑤우욱!

"억!"

갑자기 아비게일 후작의 가슴 정 가운데로 뾰족한 검이 튀어나왔다.

아비게일 후작은 움찔하더니 믿기지 않는 시선으로 그것을 바라봤다.

검은 정확히 그녀의 심장을 찔렀다.

정말 한 치의 오차도 없는 깔끔한 공격이었다.

"이, 이게……."

그녀는 떨리는 목소리로 말을 하려 했다.

하지만 그럴 수 없었다.

"커흑!"

그녀를 공격한 자가 검을 들어 올렸다.

그러자 그녀도 딸려 올라갔다.

"어으윽!"

그녀는 공중에서 버둥거렸는데 검의 주인은 그것을 비릿하게 보더니 팔을 흔들었다.

휘릭!

퍽! 쿠당탕!

아비게일 후작의 신형이 뒤로 날아가 버렸다.

굴러가는 소리가 들린 것으로 보아 그대로 절명한 듯했다.

"……."

하지만 그레이너는 아비게일 후작을 보고 있지 않았다.

그는 자신의 앞에 나타난 자들을 보고 있었다.

아비게일 후작을 공격하며 나타난 자들은 두 명이었다.

그들은 그레이너를 보며 차가운 미소를 짓고 있었다.

"상황을 정말 귀찮게 만드는군, 로건."

그들은 마치 정말 귀찮은 듯 인상을 썼다. 그냥 봐도 조롱하는 기색이 역력했다.

"우릴 보고 놀랐나?"

다른 자가 말했다.

"그렇지 않은 것 같은데. 아니, 놀란 건가? 무표정한 얼굴이라 알 수가 없군. 이 녀석은 비톤 성에서도 그랬지만 감정 하나는 잘 숨긴단 말이야. 안 그래, 코로나도?"

"그러게 말이야. 시한."

그들은 방금 서로를 믿기지 않는 이름을 불렀다.

코로나도와 시한.

바우어 자작의 부하들이자 국경 수비대의 일원인 그들이 전혀 다른 성격으로 나타나 아비게일 후작을 죽인 것이다.

코로나도가 말했다.

"그냥 저들에게 죽어줬으면 좋았을 걸. 일을 귀찮게 만드는군."

"꼭 이런 놈들이 하나씩은 있지, 손을 쓰게 만드는."

시한이 코로나도에게 물었다.

"이놈도 네가 처리할 건가?"

코로나도가 고개를 끄덕였다.

"귀찮긴 하지만 손을 썼으니 그러도록 하지. 분명 넌 하기 싫을 테니까."

"후후후, 잘 아는군."

시한이 그레이너를 눈을 찡긋거리며 말했다.

"내가 귀찮은 걸 싫어해서 말이야."

"……."

그레이너는 아무런 말도 하지 않았다.

그냥 두 사람을 바라볼 뿐이었다.

이윽고 코로나도가 그레이너에게 다가갔다.

그는 손을 풀며 말했다.

"빨리 끝내자고. 비톤 성에 돌아가 쉬고 싶으니까."

그러며 예의 뾰족한 검을 꺼내려는 순간,

피잉!

갑자기 뒤쪽에서 무언가가 빛의 속도로 다가왔다.

그것은 코로나도에게 달려들더니,

쭈와아악!

그를 머리부터 발끝까지 반으로 쪼개 버렸다.

"……!"

그레이너는 그 무언가를 바라봤다.

그 무언가는 바로 아비게일 후작이었다.

죽었는 줄 알았던 아비게일 후작이 살아 있었던 것이다.

그런데 이전과 달랐다.

그녀는 황금빛에 휩싸여 있었다. 거기다 머리카락이 하늘로 솟구치고 있었고, 눈에선 황금빛 안광이 쏘아져 나왔다.

아비게일 후작의 얼굴은 극도로 무표정해 보는 이를 떨리게 만들었다.

코로나도를 갈라 버린 그녀의 시선이 이내 시한을 향했다.

"감히 날 건드리다니, 다음은 네놈 차례다."

그녀의 음성은 웅웅거리며 울렸다.

목소리에서조차 뭔가 알 수 없는 위압감이 흘러나왔다.

그런데 그런 그녀의 지목에 시한은 간단하게 말했다.

"글쎄, 그게 가능할까?"

그는 그러며 반으로 갈라진 코로나도의 시신을 바라봤다.

순간 놀라운 일이 벌어졌다.

즈아아아아.

반으로 갈라졌던 코로나도의 몸이 일으켜지더니 서서히 붙는 것이 아닌가.

이윽고 그의 몸이 다 붙자 미소를 짓고 있는 얼굴이 드러났다.

그가 말했다.

"이거 재밌어지는군."

『죽은 자들의 왕』 8권에 계속…